MINGUO TONGSU XIAOSHUO
DIANCANG WENKU

民国通俗小说典藏文库·冯玉奇卷

盲目之爱·情天血泪

冯玉奇◎著

中国文史出版社

图书在版编目（CIP）数据

盲目之爱·情天血泪／冯玉奇著. — 北京：中国
文史出版社,2018.3

（民国通俗小说典藏文库·冯玉奇卷）

ISBN 978 - 7 - 5205 - 0051 - 7

Ⅰ. ①盲… Ⅱ. ①冯… Ⅲ. ①长篇小说 – 中国 – 现代
Ⅳ. ①I246.5

中国版本图书馆 CIP 数据核字（2018）第 010349 号

点　　校：清寒树　旷　野
责任编辑：蔡晓欧

出版发行：中国文史出版社
网　　址：http://www.chinawenshi.net
社　　址：北京市西城区太平桥大街23号　邮编：100811
电　　话：010 - 66173572　66168268　66192736（发行部）
传　　真：010 - 66192703
印　　装：廊坊市海涛印刷有限公司
经　　销：全国新华书店
开　　本：720×1020　1/16
印　　张：12　　　　字数：124千字
版　　次：2018年8月第1版
印　　次：2018年8月第1次印刷
定　　价：39.80元

目　录

盲目之爱

情天血泪

盲目之爱

第一回

避雨起慈悲搭救孤女

是一个风雨凄凄的夜里，虽然是初夏的季节，但四周空气也包含了一些寒意。在一间很简陋的茅草屋里面，光线是十二分的暗淡，那张方桌子上亮了一盏闪闪烁烁的油灯，在凄凉的油灯光芒笼映之下，只见上首床内躺着一个垂死的妇人。那妇人的年纪虽然还只有三十四五岁的光景，要如生长在都会之中的话，说不定还会和一班年轻的姑娘，争一日之长短。不过这一个妇人的容颜，真是憔悴得可怜，从她额角上的皱纹看起来，也好像是个半百年纪以上的老媪一般了，这也可想她在穷困的环境之中，是受过了多少风刀霜剑的磨折啊！

在床边坐着一个十六七岁女孩子，这女孩子是生得那么的肮脏，头发蓬乱得像一堆稻草，脸的轮廓虽然很端整，可是满面满头沾着一层垢腻，简直似个拾垃圾的样子。她此刻的表情显得十二分难过的神气，面向着床里，只管暗暗地啜泣着，她似乎也知道床上的妇人已到奄奄一息的时候了。

"阿毛，你这苦命的孩子！娘是不中用了，看起来连今夜都……逃不过的了……"

"妈，你……为什么要这样说呢？你是不能死的，你死了，叫我一个双目失明的苦女孩子怎么样好呢？倒还不如也跟了妈一块死去好吗？"

想不到这个阿毛还是一个眼睛看不见的姑娘，怪不得她身上竟弄得这么的肮脏。她此刻虽然看不见母亲临终时候那一份悲惨的样子，不过凭她两耳听到母亲断断续续有气无力的话，也可想她的母亲是确实危险到最后的一个关头了，所以她是感到泣血的伤心，忍不住伏在床上，呜呜咽咽地哭泣起来了。

外面的风是不停地刮，雨也发狂地落，这更衬室内的空气是那么的凄惨欲绝。不料正在这个当儿，忽然门外砰砰地有人在敲个不停，在这么大风雨的夜里，还有什么人到我们这样穷苦人的家里来呢？阿毛心中是这样想，但她不得不停住了哭泣，伸手揩拭了一下眼泪，她的脸上本来是很醒醒的，此刻经过泪水的流淌，这就更抹上了一个可怕的鬼脸。她颤抖了声音，一面摸索着来到门口旁来，一面急急地问道：

"是谁？是谁？"

"是我，是我，你快开门吧！"

外面是一个男子的声音，也很急促回答。阿毛心中暗想：我家穷苦得这个样子，还怕什么歹徒来打劫呢？因此就把门开了，外面这就奔进一个穿西装的男子来。他的年纪已经四十光景，因为他浑身已被暴雨淋落得稀湿的缘故，所以进门之后，只管拿了手帕，揩拭头上的雨水，也忘记了跟人家说明自己进内的理由。阿毛偏是个瞎子，她当然不知道那男子已走进门来了。因为没有听到什么说话的声音，这就有些害怕的样子，问道：

"喂！你是什么人呀？怎么一些声音也没有？"

"哦！我姓韩名士成，因为落了大雨，无处藏身，所以到你家来避一避雨的，冒昧得很，还请你……这位姑娘原谅才好。"

士成听问，方才哦了一声，很不好意思地向她告诉。当他抬起头来望见阿毛脸的时候，不由吓得倒退了两步，心中暗想：这么一个可怕的女孩子。他几乎要作呕起来。阿毛听他这样回答，也不说话，伸手又去关上了门。就在这时，听床上母亲又低低叫道：

"阿毛，阿毛，是谁上我家来了？"

"妈，是一个姓韩的先生！他因为外面雨落得大，所以到我家来避雨的，我想人家过路的也很苦恼，所以我就留下了。"

士成听阿毛这样说，心中不免又暗自想道：这女孩子虽然是个瞎子，而且又生得那么的肮脏，不过她的心眼儿倒很好，的确，的确，过路人遇到了突然来的暴风雨，这真是一件很苦恼的事情，在这么感想之下，心中倒很有些感谢她的意思。这时候那床上的妇人又说道：

"是哪一位韩先生？我想跟他见见。"

"韩先生，对不起！我妈要跟你见见。"

阿毛也不知士成是站在哪里，她扬着脸，就这么地招呼着说。士成听了，这就不得不走到床边去，向床上那个妇人望了一眼，立刻又吓得倒退一步，心头别别地一跳，不禁呆呆地愣住了。那妇人虽然是个奄奄一息的人，但她心中很清楚，一点儿也不糊涂，对士成还点点头，低低地说道：

"韩先生，你好像不是这本地人吧？"

"是的，我到这来瞧一个朋友，不料落了大雨，我打扰了你们，很对不起！"

"不要客气，韩先生住在哪儿？"

"我从上海来的，我的家也在上海，怎么？你身上有病吗？"

"不但有病，而且……而且……我是个快要死的人了……"

那妇人回答到这里，话声是颤抖得很厉害，包含了无限凄凉的成分。士成微蹙了眉毛，心中暗想：我躲雨躲到地狱里来了，这就代为忧煎地说道：

"你们只有母女两个人吗？"

"是的，我死了之后，只剩下她那个苦命的女孩子了……"

那妇人已是流下泪来了，她两眼呆呆地望着士成，在这目光之中多少包含了一种尚有什么要求的成分。阿毛听了母亲的话，她忍不住呜呜咽咽地又哭起来。士成搓了搓手，他除了深深地叹气之外，却也说不出一句什么话来。阿毛在呜咽声中，她又悲悲切切地说道：

"妈，我是一个瞎了眼睛的女孩子，我没有一点儿生活的能力，我这生命是靠着妈而生长起来的，妈若有了不幸，我是没法再活下去的，所以我只好跟了妈一同死，一同……死……"

"孩子，你不要说这些话，你也不要哭呀！老天是不会绝人之路的，也许你还有一点儿搭救，我相信我生平没有作过恶，而且我也时常地帮助过人家，那么人家也会帮助我，使我安安心心地闭了眼睛脱离了这个世界。"

"可是，妈，在这黑沉沉的暴风雨之夜，还有谁会来搭救我呢？我想我是个双目失明的女孩子，我的一生根本没有什么希望。妈在我身旁的时候，我还糊糊涂涂的可以跟妈一块活下去。现在妈要丢掉了我，我一个人孤零零的留在这个黑暗的世界上，我做人还有什么趣味呢？"

母女两人一面说，一面忍不住都哭泣起来。士成站在旁边，瞧了这一幕生离死别的悲惨情景，就是铁石心肠的话，也不免同情伤心起来，他的眼泪，也会在眼眶子里溢了出来，遂情不自禁地低低说道：

"你们不要伤心，我……我……一定可以帮你们的忙。"

"你能帮助我们？韩先生，你这话可是真的吗？"

那妇人迟迟不敢启齿的话，想不到那位先生竟自动地说了出来，她在万分绝望之余，也不免惊喜得破涕为笑起来，呆呆地瞅住了士成的脸，急促地问。士成点点头，他非常至诚的神情，说道：

"我是一个主耶稣的信徒，我是一个教会学校的教务主任，我平日教导学生，终以博爱为旨，今天我因避雨而到你家来，这不明明是主耶稣指使我这样做吗？所以我不能违背上帝救世人的宗旨，我要救你们，我要救你们！"

"韩先生，你太好了，你太伟大了。阿毛，你听，你不是遇到救星了吗？"

那妇人颤抖地说，她好像在黑暗的大海洋中遇到了灯塔那么一样的安慰。阿毛伸手去摸索，她想拉士成的手，士成知道她是感激自己的意思，虽然她的手是那么肮脏，但士成不忍厌憎她，遂走上一步，让她的手来拉住了自己的手。阿毛仰了粉脸，低低地说道：

"韩先生，你真的要救我？"

"当然真的！"

"但，我是一个瞎了眼的人，我是一个残废的女孩子。"

"不要紧，虽然你是瞎了眼睛，但是，只要你有努力上进的心，上帝还是会赐给你一条光明的前程！好孩子，你不要难受吧！"

士成听她很凄婉地说，于是用了温和的口吻，向她低低地安慰。阿毛是感动得流下眼泪来，她呆呆地木然了一会儿。不料就在这个时候，床上那个妇人便大有奄然物化的样子，她气喘得非常急促，断断续续地叫了一声"韩先生，我感谢……"那个"你"字还没有说出，她的眼皮已合上了，这一缕孤洁的幽魂也就脱离这个混浊的世界了。士成不禁啊了一声，说道：

"阿毛，你妈真的死了……"

"哦！妈！妈！妈呀！"

阿毛听了士成这样说，方知母亲是已经死了，她伏在床沿边，抚着母亲已经凉了的尸体，忍不住哭得昏厥过去了。

士成为了料理阿毛娘的后事，因此也只好在这穷苦的家里又耽搁了两天。直到第三天的早晨，方才携带一个瞎了眼睛的阿毛姑娘，回到上海来了。

士成的家，是在上海一条很清静的霞飞路旁边，那里房屋完全是带了些欧化的风味。走近铁栅门，有条甬道，两旁是块小小的园地，种植了花草树木，十分的优雅。步上石阶级，入内是会客室，里面的布置也很西式派。士成拉了阿毛，叫她在沙发上坐下。阿毛坐下去之后，感到屁股忽然又弹性似的耸了上来，她不免吓了一跳，呀了一声叫起来。士成忍不住好笑道：

"阿毛，你不要害怕，这是沙发，沙发的构造，下面有弹簧的。所以坐下去，会耸起来。"

"弹簧是什么？"

"弹簧就是弹簧，这也难怪，你没有看见过。可是，我也不容易给你细细地解释，你伸手摸一摸，也就可以知道了。"

士成被她问得愣住了，沉吟了一下，方才向她这么地告诉。阿毛微欠了身子，果然伸手去摸沙发的坐垫。就在这时，忽听里面送出一阵孩子的哭声，同时又有一阵很愤怒的叱骂声音，好像在暴跳如雷的神气，大喝道：

"你哭，你哭，你越哭我越打你！"

"哎哟哇！哎哟哇！妈，我不会了，我下次不吵闹了！"

听了这些话，士成就知道又是自己的太太在教训小儿志钧了。遂很快地奔进里面，只见七岁的志钧，被太太揪在自己膝踝上打屁股，志钧一面哭着讨饶，一面两脚乱甩着。士成心里有些肉痛，连忙赶步上去，把志钧从太太的怀中抢夺了过来，含了埋怨的口吻，说道：

"好了，好了，太太！这又何必呢？小孩子有什么错处，只要他肯讨饶，你就算了，志钧到底还年纪小哩！"

"哼！这都是你的好家教，把孩子养得那么无法无天的，还成什么体统？不要抱他，你还不给我放下了他？"

韩太太是个很能干很倔强的主妇，在她发脾气的时候，什么都不管，就是士成也非听她的命令不可。当时她见士成回来就庇护着儿子，这就冷笑了一声，转移着目标，就骂到士成的头上来了。士成见她声色俱厉的样子，一时不知怎么的总觉得有些畏惧，遂放下了志钧，满面堆笑地说道：

"放下就放下，你何必生那么大的气呢？志钧，好孩子！听爸爸的话，你快不要哭了。你姊姊呢？她为什么不带你一同去玩呀？"

"我说你这人呀！就糊涂得这个样子。一出门，就老是三五天的不回来，把这一份家，就压到我一个人的身上。我要问你，你说去一天就回来的，现在你把日子算一算，又是几天了？你说！你说！"

士成拍着志钧的身子，正在向他哄着，不料韩太太在旁边又唠唠叨叨地责问起来，恨恨地还白了他一眼，神情是那一份样儿的凶恶。士成连忙含笑解释道：

"太太，这会子我实在是为了一点儿救世的心，所以在外面多耽搁了两天，你不要发怒，我正预备告诉你，你听了一定也会起了同情之心的。"

"哼！救世？那你就快要成佛了！"

韩太太撇了撇嘴，似乎余怒未消的样子，这句话是包含了讽刺的成分。士成听了，不免浮现了一点儿苦笑。正欲详细诉说，忽然会客室里砰的一声，好像是什么东西跌倒似的，士成猛可想到了阿毛，这就急冲冲地奔到外面去。韩太太心中奇怪，连忙跟着出来，只见地上跌倒着一个衣衫褴褛的姑娘，士成正在用手去扶抱她，一时便咦咦地叫起来，问他说道：

"士成，她是谁？她是谁？"

"哦！太太，她是一个没有爹娘的苦女孩子。"

士成一面扶起了阿毛，一面回过身子来，向太太低低地告诉。韩太太向阿毛望了一眼，啊了一声叫起来，说道：

"什么？是个瞎了眼睛的姑娘，你把她弄到家里来做什么？"

"是的，她是个可怜的姑娘，而且也是个很仁爱的姑娘。太太，你知道我们怎么会遇在一块的？"

"这话可不是奇怪？你不说出来，我怎么会知道？"

"事情是这样的……太太，你听着吧……"

士成说到这里，遂把经过情形向她告诉了一遍，并且又显出很慈悲的态度，叹了一口气，说道：

"太太，你想，她妈死后，剩下她这么一个瞎了眼的女孩子叫她怎么地活下去才好？所以我抱了救世之心，我就把她带回家里来了。"

"哦！原来是这么的一回事，你这人也白活了这一把年纪，看家里已经有了四个孩子，还不够麻烦吗？你做好事，我倒霉，我犯罪，我是你家的娘姨，成天地服侍你家四位少爷小姐，还要再给我弄来这么一个瞎子，这不要……"

韩太太满面显出不高兴的样子，逗给他一个白眼，表示怨恨他不该多事的意思。士成搓了搓手，觉得这事情透着有些为难，遂低低央求道：

"太太，你这话是挺不错的，不过救人一命，胜造七级浮屠。况且是好心有好报，你若收留了她，这是你的功德无量！"

"哼！天堂不见，地狱先现。你只管救了人家性命，但是你就不管我的命了吗？我在你家这二十年来，可曾享过一天福？忙忙碌碌的，一天到晚没有工夫空下来。为了自己养下的孩子吃苦，这还说得过去，现在叫我再服侍一个瞎子，这不是没苦吃讨苦吃吗？难得你这么多情的好丈夫，待我实在太好了，生怕我还不够苦，所以再弄个瞎子来叫我加重些麻烦，那我真要向你感激不尽了！哼！告诉你，你可怜她，你每天去服侍她吧！"

韩太太竭力地用了俏皮的话去讽刺他，绷住了脸，冷笑了一声，她便恨恨地走向里面去了。士成被太太这么地一来，真弄得有些啼笑皆非起来。回头望了阿毛一眼，只见她呆呆地木立着，颊上扑簌簌地掉下了两行眼泪，一时心中十分不忍，遂走过去，拉她又在沙发上坐下了，低低安慰她说：

"不要难过，我太太表面上好像很凶恶，但是她心眼是很好很慈祥的。你不要害怕，只管安安心心在我家住下来好了。"

"什么？你说我凶恶！"

想不到韩太太又从里面回了出来，似乎听到士成说的这几句话，遂故意把眼睛一瞪，恶狠狠地问。士成急得涨红了脸，连连说了两声不字，说道：

"太太，你难道只听到我前面这句话，后面的话反而没有听到吗？我说你的心眼是挺好挺慈祥的！"

"哼！谁要你拍什么马屁！瞧这个野孩子，生得多脏多蠢的！你好像是赣度，才出去了一次，就觅了这一个宝贝回来，叫人生气不生气？"

"太太，因为她是一个瞎子，所以……她不会给自己打扮。假使你能够给她化妆一下，也许不会像现在那么讨人厌了！"

"我是生成的劳碌命，一天到晚给你家做牛马……"

韩太太白了他一眼，表示无限的怨恨。士成这就不敢再说什么，只是向她赔着笑脸。就在这时，赵妈出来，说道：

"太太，开水已预备好了！"

"你这野孩子！快跟我到浴间里去，我瞧你脏也脏死了。你不再给我去洗个浴，我昨晚吃下的饭，也快要呕吐出来了。"

"好啊！好啊！我早知道太太的脾气，她和我一样，也是个挺热心的人！"

士成这才欢喜得不得了，忍不住笑嘻嘻地奉承。韩太太却不说话，把阿毛一把拉着，走到里面浴室内去了。士成反剪了双手，在室内踱了一会子方步，他又坐到书架旁的沙发上去，随手拿了一本书来翻阅。约莫半个钟点之后，韩太太拉着阿毛又从里面走出来。士成听有脚步声音，遂抬头向前望去。不料这一瞧望，他情不自禁地丢了书本，啊了一声，身子便站了起来，脱口说道：

"什么？是个多美丽的姑娘啊！"

士成一面说，一面目不转睛地向阿毛细细地打量，只见她已换了一身自己女儿志群穿的蓝布罩衫，头发已梳得光溜溜的，益发显得乌油滑丝。她的脸是白嫩得像剥出鸡蛋，两条眉毛又细又长，鼻子是挺准挺高的，小嘴是红润润的，更像一颗四月里的樱桃。就只是那一双眼睛，不能显出她灵活的样子来罢了。一时心中暗想：假使她不是一个瞎子的话，真是一个世界上最漂亮最美丽的女孩子了。想到这里，心中十分得意，遂笑着说道：

"太太，你还说她脏不脏？"

"可是一个瞎了眼睛的女孩子，再生得漂亮一点儿也没有用了！"

"你说她没有用，可是我说她也许很有用。太太，你不知道，瞎了眼睛的人，她是挺聪明的，你要她学什么，她一定样样都会。"

"喂！你叫什么名字？"

"她叫阿毛，不！其实这名字太不好听了，我给她改取一个名字，还是叫丽霞吧！丽霞这名字才配合她的身份，太太，你说怎么样？"

士成见阿毛害怕的样子，不敢回答，于是笑了一笑，很得意的表情，絮絮地说了这么几句话。韩太太并不表示什么，她的两眼也注视在丽霞的脸上，似乎心中也有这么一个感觉，这孩子真美丽，就可惜一个瞎眼。但丽霞这会子却点点头说道：

"丽霞这名字很好，我以后就叫丽霞吧。"

"你也知道好吗？哎！可见她是一个有智慧的姑娘，真是英国诗人华斯华氏所说：荒山石畔一紫兰，凡人俗眼无福看，晶莹玉洁如晨星，孑然照耀如闪电。我觉得这首诗，用在丽霞身上真有意思。"

"算了吧！活了这一把年纪，痴头怪恼地咕噜些什么东西？"

"太太，你不懂吗？诗是世界上最美丽的东西，像天上闪烁的小星，像地上发光的宝石，像河流里清澈的流水。天上没有星，你想，这天空多么的单调；地上没有宝石，这是多么的肮脏；至于河里没有流水，那又是多么的枯燥。所以一个人不懂得诗，就像这个孩子失去了眼睛一样的可惜！"

士成滔滔不绝地有些忘其所以然的竟说出了这一番话，在他说完之后，还深深地表示感叹的样子！不料因此得罪了韩太太，她瞪着眼睛，喝问着说道：

"什么？你在说谁？"

"我在发一般的议论，并不是单独的指你，你千万不要多心吧！"

士成被她一喝问，方知自己失言了，心中一急，不免脸涨得通红，慌忙又向她急急地声明，表示赔不是的意思。但韩太太冷笑了一声，怨恨地说道：

"多心？哼！你明明是在骂我，你还抵赖什么？"

"我怎么会骂你？那真是天晓得的事情。在学校里，学生们都常常这样地说我，韩先生虽然是个经济学的教授，但骨子里却是一个诗人。你想，我是诗人，你便是诗人太太，诗人太太哪里会不懂诗吗？"

"我不懂诗，我不懂诗，我只知道你最幼小的女儿阿英每天在我的身上撒的几泡尿，所以你不但是尿我，而且还是尿人的爸爸！"

"啊！你这些话简直在侮辱我！"

"谁叫你先来侮辱我，你说我像瞎了眼一样，你简直在放屁！"

韩太太的火气比士成大得多，她把桌子狠命地一拍，倒把站在旁边的丽霞吓了一大跳。士成没有办法，只好赔了笑脸，向她打躬作揖地说道：

"太太，你不要生气，生了气是容易伤身子的，就算我说话不小心，你就原谅我吧！"

15

"哼！知道你是一个教授，在课堂上训练好了口才，回家来欺侮我，用话来挖苦我、气气我吗？"

"那可是天大的冤枉了，其实我们在家庭内本是一对要好和睦的夫妻，不过为了旨趣的不同，所以我们两个人就好像是两种不同的乐器，吹弹起来，不大调和罢了。"

"什么乐器？什么不调和？"

士成这比方，听到韩太太的耳朵里，就好像牛吃薄荷似的，有些莫名其妙。这就睁大了眼睛，向他急急地追问。士成微笑道：

"好像一架钢琴，一只喇叭。"

"谁是钢琴？谁是喇叭？"

"这个……那也无所谓，论我们的性情说，我好像是一架钢琴，你好像是一只喇叭！"

士成支支吾吾地过了一会儿，才这么说了出来。韩太太立刻又生气地哼了一声，逗给他一个白眼，恶狠狠说道：

"你不是明明的又在侮辱我吗？我偏不是喇叭。"

"我不是预先声明无所谓吗？你既然不愿做喇叭，就是我来做喇叭，你做钢琴也不要紧，反正我不过是一个比方罢了！"

"嗯！不对，我也不愿意做钢琴，钢琴是那么笨重的东西，仿佛是一条牛，这倒还是喇叭轻巧一点儿呢！不过，我喇叭也不要做，喇叭的声音'蒲啊蒲'的多难听，我什么都不要做，你自己去做吧！"

韩太太沉吟了一会儿之后，又连连地摇头，一面又絮絮地说了这么一大套的话。因为她说话的语气和表情是相当的有趣，虽然她那种表情，丽霞是没有见到，但单听了她的话，使丽霞也忍不住嫣然起来。士成夫妇被丽霞一笑，觉得自己两口子吵闹得近乎滑稽，因此倒也相顾而笑了。

第二回

音乐有天才欣逢良师

光阴匆匆地过去，不知不觉已有一个月了。在这一个月之中，士成特地给丽霞采办了许多盲人用的凸出的书本。每天自己空下来的时候，就悉心地教她读书念书。丽霞虽然是个瞎子，但她的手指和眼睛一样，静静地摸着摸着，她居然也识了很多的字，而且念会了不少的诗句。士成觉得她的聪明，实在是个可造就的人才，所以心中欢喜得什么似的。但韩太太却认为士成的举动有些神经病，心中大不为然，时常叫丽霞抱她还没有满周岁的女儿阿英，无非是把她当作家中一个小大姐般地看待，使自己可以多一个帮手料理家务，所以有时候甚至于叫丽霞洗着很多的衣服。丽霞的脑海里只有士成一个人，虽然并不知道士成是个怎样的人，但她觉得除了士成一个人待她十分的好，此外的人是都要捉弄自己嘲笑自己，因此她把士成也认作自己知心人一般看待，士成说的话，她是句句都听从的了。

这天下午，是星期六，所以士成不到学校里去，他便在书房里教丽霞念诗。丽霞两手摸着凸出的书本，含了微微的笑容，似乎心领神会的样子。士成非常得意地拍拍她的肩胛，笑道：

"你真是太聪明了，我想不到你进步有这么的快！真是天才！丽霞，你这首诗可曾念会了没有？"

"我念会了，韩先生！"

"那么你念一遍给我听听好吗？"

"好，我念给你听。'春眠不觉晓，处处闻啼鸟，夜来风雨声，花落知多少？'韩先生，你听我念错了哪里没有？"

丽霞含笑点头，两手一面摸字，一面便念了出来，念完了后，扬着脸，又向士成低低地问。士成拉了她白嫩的纤手，拍了拍她手背，说道：

"念得好，念得好，你真聪明，真聪明！那么你这首诗的意思懂吗？"

"我懂得，不过后面两句，我还有一点儿不大懂。为什么世界上要有风把花吹落下来呢？我觉得风太凶恶一点儿了。"

"这个……这个……我倒也回答不出来了，也许……这……就是人生吧！"

士成想不到她会问出这两句话来，一时觉得她问得太有意思了，支吾了一会儿，方才含了笑容，这样解答。就在这时候，韩太太推门进来，板起了面孔，说道：

"丽霞，别在这装什么小姐了，快给我洗衣服去！"

"哦……"

丽霞一听韩太太的声音，她就会临到什么强暴一般地感觉害怕起来，颤抖地应了一声，站起身子预备要走的样子。士成心中十分不忍，连忙把丽霞拉住了，是叫她仍旧坐下来的意思，一面向韩太太代为央求说道：

"太太，今天是星期六，你就马马虎虎给她休息半天吧！赵妈在干什么？衣服就让赵妈去洗吧！"

"赵妈有赵妈的工作，一个人不工作，光吃饭，那不成猪猡了吗？士成，你把头脑子弄弄清楚，她不是千金小姐，你这样庇护她我是不答应的。"

"并不是我庇护她，因为今天是星期六，下午应该休息的，你连休息的日子都叫她工作，那似乎太说不过去了！"

"好哇！你把这儿当作什么洋行银行看待了，老实说，这里是家庭，不是写字间、办公室，还有什么应该休息不休息的分别吗？"

"那么让我再教她一首诗，就给她洗衣服去，你肯答应吗？"

士成被太太驳得无话可说了，因此只好用了央求的口吻，又再三地恳请。韩太太很凶恶地走上来，自己动手来拉丽霞的身子，连连说道：

"不行，不行，我叫她洗衣服去，就洗衣服，谁敢违拗我，谁给我滚出去！"

"太太，你……太不近人情了！"

"什么？你为了她，跟我翻脸吗？"

"哦！我去洗，我去洗，请你们两位不要争吵吧！"

丽霞见他们争吵起来，似乎心有不忍，遂站起身子，反而给他们从中调解着。

韩太太冷笑了一声，拉了丽霞的手，很得意地走到外面去了。士成心中十分气愤，把脚一蹬，恨恨骂声泼妇，他戴上了草帽，也匆匆走到外面去了。

丽霞洗好了衣服，由韩太太扶着进书房来给她坐下，还把小女儿阿英塞到她的怀内，恶声地关照说道：

"你给我好好抱着，不许把她弄哭了！"

"哦！我知道。"

丽霞小心地答应着，她在韩太太面前连多呼吸一口空气都有些不敢的样子。韩太太方才白了她一眼，自管自走到外面去。丽霞抱了阿英，呆呆地想了一会儿心事，觉得有些悲酸，她忍不住深长地叹了一口气。正在这时，士成那个十四岁的女儿志群和七岁儿子志钧悄悄地走进来，他们似乎发觉丽霞颊上沾着眼泪，遂惊讶地问道：

"啊！丽霞姊姊，你哭了？"

"没有，没有，我没有哭呀！"

丽霞听了，很慌张地把手背擦了擦眼皮，连忙急急地否认。志群很同情她的神气，偎过身子去，低低地说道：

"我知道，你一定在想念你的母亲了，对不？"

"是的，我在想世界上的事情太不公平了。像你们真幸福，有爸爸，有妈妈。可是我却孤零零的一个人，连一个亲人都没有，唉！"

"可是我爸爸待你很好，他把你也当作女儿一般看待，那你在不幸之中还算是幸福的。"

"嗯！你爸爸确实待我太好了。"

"听说你已念会了很多的诗，真的吗？"

志群一面向她安慰，一面又低低地问她，丽霞方才微微地笑

21

了。志群见她笑得很好看，颊上还有一个深深的酒窝儿，遂觉得她的可爱，又追问道：

"为什么你不回答我？"

"我没有念会多少，妹妹弟弟你们很幸福，大家在学校里读书，我是个瞎子，真苦恼！不知道大地上有些什么东西？什么山水，什么花草，什么鸟儿，什么虫儿，我一切都没有看见过，我心里真羡慕你们哩！哎，妹妹，你们在学校里除了念书之外，还做些什么功课呀？"

丽霞的粉脸上表情是随着话在变换，她此刻含了笑容，又低低地问。志群拉拉她的手，表示亲热的样子，说道：

"我们学校里的功课可多着哩！还有体育，还有唱歌，还有算术……"

"唱歌很好啊！不知你们学会了些什么歌？能不能教我一同唱呀？"

"可以，可以，我和弟弟先唱一遍给你听吧。"

"姊姊，我们唱什么呢？"

"唱一支父母子女的歌好吗？"

志钧也笑嘻嘻地问着志群，志群想了一会儿，方才低低地回答。志钧听了，拍手称好。丽霞在旁边也很高兴地说道：

"我喊一二三，你们就开始合唱吧！"

"好的，好的，你就喊吧！"

志钧跳跃着笑，志群也十分的欢喜。丽霞静了一静，方才喊着一二三的口号，只听他们姊弟两人齐声唱道：

父母子女声曲之一

春天儿美丽，春天儿妙，

春天儿快乐，春天儿好。

春到人间乐逍遥！大地的万物生长了！

小鸟儿，吱吱叫！孩子们，哈哈笑，无忧无虑在

欢跳！

你切莫，蹉跎了，好时光，

你切莫，放弃了，上进大道！

算一算年纪大家也不小，

父母子女合作好！合作，合作呀！合作。

丽霞静静地听他们唱完了之后，不禁拍手起来，笑道：

"唱得好，唱得好，请你们再唱一遍给我听好吗？"

"这样吧！我们唱一句，你跟唱一句，这样学了几遍，你一定也会唱了。"

"妹妹，我很感谢你，你肯这样地教我，那当然是更好了！"

丽霞听志群这样说，心中自然感激得什么似的，遂握了她的手，真挚地说。于是志群姊弟两人唱一句，丽霞便跟唱一句。他们只管教着学着，却没有注意到士成从外面回来了，原来士成气愤之下，向外面去走了一个圈子，但心中到底记挂在丽霞的身上，所以他急急地又回家来了。当他发觉他们三个人在唱歌的时候，他心里忍不住又欢喜起来，遂静悄悄地站在旁边，细听丽霞歌喉，真可说珠圆玉润，清脆悦耳，十分的动听，他听到后面，情不自禁地拍起手来，叫道：

"唱得好，唱得好！"

"哦！爸爸回来了，爸爸，你说谁唱得好？"

志钧回头见了士成，便笑嘻嘻地奔了上去，拉了爸爸的手问着。士成这就不得不含混说道：

"你们都唱得好，丽霞，你能不能单独地唱一遍给我听听吗？"

"我还只有刚从弟弟妹妹那儿学会了，恐怕唱得不好听。"

丽霞似乎不好意思的样子，微红了脸，低低地回答。士成连说没有关系，因为见她怀内抱着的阿英已经睡着了，便叫志群把妹妹抱到卧房里去睡在床上。这里志钧说我去倒杯茶来，给丽霞润润喉咙。丽霞喝了一口茶，她便轻声地唱起来，歌声曼妙，好像黄莺出谷一般的动听。不料正在这时，韩太太又恶狠狠地走进来，说道：

"怎么？孩子不抱，倒唱起歌来了。"

"太太，不要来打岔呀！你听她唱，真是天才！真是天才！"

"哼！又是一个天才，你就靠她吃穿吧！你每天书也不用教了，就听她唱歌过日子吧！"

"太太，何必生这么大的气？你也累了，还是坐下来大家休息一会儿，你喝杯茶，听她唱一会儿歌，这样家庭不是很有意思吗？"

士成亲自去倒杯茶，送到太太的手里，他是竭力地在拍太太的马屁。但韩太太却理也不理地并没有把茶杯接过来，还是瞪着眼睛，喝问道：

"把我的阿英弄到什么地方去了？"

24

"哦！妈，阿英睡着了，我给她抱到房中床上去了。"

志群齐巧走进来听见了，遂代为告诉着说。士成见丽霞木然坐着，遂连连地又催她唱下去。韩太太故意和士成作对，偏不许丽霞唱什么歌，志群听了，也认为母亲太没有道理，遂在旁边说道：

"妈，唱歌是件最好的娱乐，那你为什么不许她唱呢？"

"她是什么东西？也配唱什么歌吗？"

"唱歌有什么配不配？会唱的都可以唱，太太，你要如有兴趣的话，也不妨大家热闹热闹呀！"

"好！好！你知道我不会唱，便故意嘲笑我吗？"

"喏喏！太太，你这又多心了！我怎么会嘲笑你？"

大家正在争吵不欢的时候，忽然赵妈上来报告，说林小姐来了。士成一听林小姐到来，便又欢喜起来。因为林小姐是校中的音乐教师，她平日最喜欢栽培音乐天才的人，遂连忙说快请她进来。不多一会儿，林瑞贞笑盈盈地进来，说道：

"韩先生，韩太太，哦！你们都在这里，还有弟弟、妹妹，这真是一个快乐的家庭呀……咦！还有这位小姐是谁呀？我却从来没有瞧见过。"

"这是张丽霞小姐，她有唱歌的天才！"

士成连忙含笑介绍着说。瑞贞听了欢喜得笑起来，忙说道：

"真的吗？我倒要听听她的歌喉了。"

"丽霞，你唱吧！你大着胆子唱好了。"

士成这两句话的意思，是客人叫她唱，太太是不好意思再阻拦了。韩太太气得什么似的，但心里光火，口中却发作不出来，只好拉了志群、志钧，恨恨地说道：

"你们给我到房中读书去！"

志群、志钧只好跟着母亲到外面去了。丽霞的感觉很灵敏，她知道韩太太不在房内了，于是大了胆子，把刚才学会的歌唱了一遍，听得瑞贞拍手起来，连连称赞着说道：

"好嗓子！好嗓子！这位张小姐唱得这么好的歌，将来可成功一位音乐家。"

"林小姐，我唱得不好，你太夸奖我了！"

丽霞被瑞贞这么一称赞，她乐得心花朵朵地开起来了，含了娇媚的笑容，低低地谦虚着回答。士成也笑嘻嘻地告诉道：

"林小姐，她实在是个太聪明的姑娘了，我教了她一个月不到的书，她连诗都会念了。你想，这不是天才吗？就可惜她的眼睛有毛病，这似乎是一个缺点。"

"眼睛倒不要紧的，在国外成名的音乐家，多是坏了眼睛的。"

"那么就拜你做老师怎么样？丽霞，你造化来了，快拜老师吧！"

"哦！拜见林老师！"

"啊呀！快起来，快起来，那可把我折死了，像我这样浅陋的学问怎么能教她呢？除了初步的训练，或许我还可以勉力担任。不过她假使真是有天才的话，我一定给她另外找一位好教师。"

瑞贞见丽霞离座之后，由士成扶着，向自己真的跪拜下去，这就连忙把她扶起，笑盈盈地说了这几句话。接着，拉着丽霞的

26

手，细细地端详了一会儿，又低低地问道：

"张小姐，你今年几岁了？"

"十七岁，我生得真笨。"

"不要客气，我觉得你生得太漂亮太美丽了，以后我要好好儿地教你唱歌弹琴，你心中欢喜吗？"

"我为什么不欢喜？我实在是太欢喜了。林老师，你待我这么好，你就是我的大恩人一样。"

"嘻嘻！这孩子真会说话，讨人欢喜。"

瑞贞见她偎着自己，好像依恋不舍的样子，遂也和她亲热了一会儿，然后扶她到椅子上坐了，望了士成一眼，说道：

"韩先生，我知道你是顶喜欢音乐的，今天有一位从法国回来的音乐家秦天鸣先生假座青年会表演。因为他是我的表哥，所以他送我几张入场券，我送了人家几张，还留着四五张，我想请你们贤伉俪去听唱。好在明天是星期日，没有关系，韩先生终能够答应我一块去的吧！并且那位张姑娘也要请她一同去听听，给她多增长一点儿知识，不知你的意思怎么样呢？"

"好极了，好极了！林小姐，不知道几点开始表演呢？"

"五点到七点，离开此刻还有一个钟点。"

"那么我们准定一同去，我马上去问声太太，不知她有没有兴趣听音乐？"

士成很欢喜地说，正欲匆匆出外的时候，只见韩太太拿了一盘蛋糕进来，后面赵妈拿了几杯咖啡，一同放到桌子上去。韩太太先客气地说道：

"林小姐，你是难得来的，快吃点儿粗点心吧！"

"呀！韩太太，你太客气了，那叫我真有些不好意思。"

"太太，你不知道，林小姐今天特地来请你听音乐的，我正想来告诉你。"

士成很凑趣地向她说了上去，不料韩太太却连连摇头，说道：

"我没有工夫，我不去。"

"韩太太，你也太勤俭了，难得休息一天，到外面去听会儿音乐，这是很正当的娱乐呀！我请你赏我一个面子吧！"

瑞贞忙亲自地奉邀她，而且还说得特别的客气。韩太太望了她一眼，呀了一声，满面含了笑容，说道：

"林小姐，你别这么说，叫我怎么当得住？因为我是一个一窍不通的人，去听也无非是对牛弹琴罢了，所以我没有兴趣去，还是让士成跟你一块去吧！"

"那么我想请这位张小姐一同去，你答应吗？"

"她是瞎子，她又看不见什么，还是不用去吧！"

韩太太这个人在陌生人的面前是竭力想做一个贤德的主妇，她的目的是要别人在外面颂扬自己好的意思，所以她显出很大方的态度，表示允许士成和瑞贞一同去。可是却料不到瑞贞后面还有这一个要求，因此她心中十分的不自在，但为了要顾全一点儿面子，又不能坚决地拒绝，她在急中生智的情形之下，果然给她想出了一句很好的回答。可是瑞贞却笑起来了，她很俏皮地说道：

"韩太太，开音乐会，瞎子是不成问题的，只要她能够听得到，那就是了，我想你就答应她一同去吧！"

28

"林小姐，你这话太有趣了，我并不是不允许她跟你们去，我是怕你们带了一个瞎子在身旁，太麻烦了。既然你欢喜她一同去，那很好。丽霞，来！我给你到房中去换件衣服吧！"

韩太太被瑞贞说得无话可说，因此红了脸，心中也只好暗暗怨恨，但表面上还显出很高兴的样子，拉了丽霞的手走出书房去了。瑞贞见她们走后，士成的脸上含了喜色，心中暗暗奇怪：看这光景，韩太太对张小姐好像并不十分亲热，不知他们到底是什么关系？于是开口问道：

"韩先生，恕我冒昧，我要问一问，那位张小姐到底是你家什么人呀？"

士成沉吟了一会儿，方才把自己经过情形向瑞贞告诉了一遍。瑞贞方才恍然有悟，忍不住扑哧地一笑，秋波斜乜他一眼，笑道：

"这样说来，因为你待张小姐太好了，所以你太太在跟你吃醋了对吗？"

"哪里哪里，啊呀！林小姐，你太开我玩笑了……"

士成通红了脸，显出十分不好意思的样子，急急地辩白。一面又一本正经的态度，望了瑞贞一眼，说道：

"我的儿子志铮，他的年纪，也比她大了三年哩！你怎么说这些开玩笑的话呢？其实我太太的脾气就是这个样子，不管人家是什么料子，以为吃她的饭，就该帮着她料理家务。所以她的意思，就把她当作一个小大姐那么地看待。我是时常和她争吵着，但是没有什么效力。"

"这么说来，丽霞住在这里，终没有机会可以发挥她音乐的

29

天才了。"

"可不是吗？而且我又不常常在家，一切的事情也管不到。为了这个问题，我心中老是觉得忧愁。"

"这是一件很可惜的事。"

瑞贞见他说到末了，皱了眉毛叹了一口气，因为知道他是个惧内的丈夫，所以也微微地叹了一声。两人沉默了一会儿，士成忽然计上心来，向瑞贞问道：

"林小姐，你真愿意做丽霞的老师吗？"

"韩先生，我不懂，你这是什么话？"

"我的意思，你做老师的应该给这个孤苦的学生想个办法。"

"是不是你要我把她带到我家里去住呢？"

瑞贞也是个聪明的人，她乌圆眸珠一转，便含笑向他问出了这一句话。那真是说到士成的心眼里去，不由把手一拍，笑道：

"对了，假使你答应的话，一切费用都可以由我负担。"

"那倒不用客气，好在我家里人少，除了母亲之外，没有一个弟妹，丽霞能够陪伴我，倒也是一件好事情，那么我就答应了你吧！"

"林小姐，我太感激你了。不过还有一个问题，就是在我太太的面前，最好要说这主张是你的意思。"

"那没有关系，那没有关系，你放心是了！"

士成见她一切都答应了，起初是愁眉不展，此刻不免眉飞色舞地笑起来了。就在这个时候，韩太太已经把丽霞打扮得花朵一般的艳丽，一同走了进来。瑞贞一见，连叫漂亮极了。拉着她的手，一面表示十分亲热，一面把自己要丽霞到家中去玩几天的话向韩太太告诉。韩太太倒并不稀罕丽霞这个人，所以表示没有问题。瑞贞见时候不早，方才向她告别，士成便跟在后面，和瑞贞、丽霞一同到青年会听音乐去了。

第三回

一见竟倾心郎太痴情

　　丽霞在瑞贞的家里，转眼之间，也有了一个多月了。瑞贞今年已经二十七岁了，可是还没有嫁人，不但没有嫁人，连一个知心的朋友还没有。这次她的表哥秦天鸣从法国学成回来，因此她一颗寂寞的芳心，也不知不觉地想爱上他了。天鸣对于这位表妹在过去也很有一点儿感情作用，所以也乐于和她亲热起来。瑞贞为了便利他们时常可以见面起见，她就要求天鸣每日下午四点以后到她家来教授丽霞的音乐。天鸣因为也有爱瑞贞的意思，对于这个要求，可说是义不容辞，当然立刻答应。这消息传到士成的耳朵，认为丽霞有了这么一个留学回来的音乐家悉心教授，那么丽霞的前途，一定是不可限量，心中在欢喜之余，又十二分的感激，所以他曾经在荣华酒家还请了一次客，因此在天鸣的心中更觉得是应尽的义务了。

　　瑞贞的家里，倒也很宽敞，有客厅，有卧房，有书房。至于里面布置，也相当的讲究和清洁。这里是一间书房，壁上有几幅油画，还悬着手提琴、梵阿玲等乐器。上首一张书架，里面堆满了厚厚的书籍。右首一张书桌，左首开了窗子，窗子外是方小小的园地，外面植了一株很高大的银杏树，因为已经是仲夏的季节，所以树叶非常茂盛，在熏风之中还送过来一阵阵鸣蝉的声音。正中放着一架钢琴。

这时候，天鸣坐在钢琴的旁边，两手很纯熟地弹着钢琴。钢琴旁站着丽霞，她在附和着音乐的节拍，一会儿高音，一会儿低音，一会儿又高高低低快快慢慢的音韵，流利轻快地学着唱歌。瑞贞坐在沙发上侧耳倾听，脸上含了得意的微笑，表示听得十二分满意的样子。不料在这当儿，忽然一阵掌声噼噼啪啪地响起来，而且还有人叫着好啊好啊！于是把室内众人都惊住了，回头去看，原来士成站在书房门口，还在连声地称好。丽霞对于士成的声音似乎听熟了，她在房内日子住久了，所以一切行动，就像亮了眼睛一样，很快地走上去，亲亲热热地口吻，叫道：

"韩先生，韩先生，你来了。怎么今天迟一点儿了？"

"丽霞，你唱得太好了！我真想不到你有进步得这样的快！"

士成迎上一步，连忙把她手握住了，温和地抚摸着，笑嘻嘻地称赞。这时天鸣站起身子来，取了一支烟卷吸着，笑道：

"外国第一流歌唱家，他的音乐感觉也不过如此，何况丽霞又生得那么的美，将来是个了不得的人才。"

"她要有这么的一日，还不是秦先生的功劳吗？不过丽霞的成就，是还希望秦先生和林小姐不断地教导才好。"

士成听天鸣这样说，遂笑了一笑，一面很识趣地向他们两人竭力地奉承。天鸣摇摇手，喷去了一口烟，笑道：

"韩先生，你说得太客气，这是她自己的天才强，要如她没有天生的慧质，我们本领再高一点儿，恐怕也教不出一点儿什么成绩来了。"

"表哥这话不错，天资聪明的人，只要略一指点，她便什么都领会过来。假使呆笨的人，你时时刻刻地教她，恐怕一转眼也会忘记得一干二净了。"

"林老师，你说的我太好了，那叫我可有些难为情呢!"

丽霞扬着粉脸，掀着酒窝儿，娇媚地说。众人听了，觉得她的可爱，于是都笑起来了。瑞贞这时又向士成问道：

"韩先生，你太太怎么没有一同来呀？昨天你不是说，她要来望望丽霞吗？因为她和丽霞差不多有一个月不曾见面了。"

"是的，她本来想和我一同来，不料早晨我的志铮刚从南京回来，所以我这位太太又忙碌得抽不出工夫来了。"

"我说你太太真能干，什么事情都会做，真可说是你的贤内助。"

瑞贞含了笑容，很夸奖地称赞着。不过听在士成的耳朵里，就觉得有些刺心，好像瑞贞这话，不免包含了一些讽刺的成分，因此他的两颊便会热辣辣地发烧起来，讪讪地笑道：

"什么贤内助？我这位太太可说是个无事忙，比方说，不要她做的事，她也要做。不要她管的事，她也要管。你想，这还不忙起来吗？"

"这也不能这样说，我以为肯管事，比不肯管事，终要好得多。韩先生，志铮他回头来不来？这孩子我和他整整半年不见了，他从前老是那么的顽皮，现在不知仍旧是这个样子吗？"

"近年来比较斯文一点儿了，他说不定回头也来的。"

士成微笑着告诉。这时天鸣已吸完了那支烟卷，他把丽霞仍旧拉到钢琴边来，自己坐下了，向士成说道：

"我们还得练习下去，韩先生，你请坐一会儿吧！"

"好的，好的，我还要听听丽霞那悦耳的歌声哩！"

士成一面点头回答，一面便也坐到沙发上去。只听天鸣的钢琴之声又弹了起来，接着丽霞的歌声也婉转地随之而起，好像乳莺出谷，轻快而流利，令人心怡神旷，不觉有些神往。刚唱到一半的时候，门框子外闪进一个身穿白哔叽西服的少年来。这少年是谁？那不用说得，当然是士成的大儿子志铮了。志铮生得眉清目秀，唇红齿白，而且方面大耳，可说是个翩翩风流的美少年。当他轻步入室的时候，因为大家全神贯注在丽霞的身上，所以并没有发觉他。他也并不惊动众人，就在门框子旁呆呆地愕住了，在他愕住的时候，把那个丽霞目不转睛地打量起来。只见丽霞生得一个适中的身材，可说修短合度，她身上虽然只穿了一件湖色士林布的旗袍，可是已经衬托她的杨柳细腰，婀娜得可爱，然而她的胸部，却相当发达，隆隆然像覆着两个沙利文的面包。她的身段固然是这样的窈窕而曼妙，同时她的脸蛋也艳丽极了，真所谓：唇不点而红，眉不画而翠。两颊好像海棠映日，又仿佛芍药笼烟，喻之为西子复生，固非过甚其词。虽然她的眼睛是一个缺点，然而并不损害她的美丽，在志铮此刻看起来，觉得这是更增加她另一种妩媚的风韵。

志铮本来是一个很有理智的青年，可是他今天瞧到了丽霞之后，他的理智便被情感完全地蒙蔽了，他莫名其妙地会爱上了丽霞，觉得像丽霞这么的姑娘，的确使自己有一爱的价值，因此他一缕情丝便牢牢地系到丽霞的身上去了。

丽霞唱完了一曲之后，天鸣、士成、瑞贞便拍掌不绝。可是等他们掌声停止后，却听空气中还流动了噼噼啪啪的声音，而且接着还听有人叫了两声"唱得好，唱得好"，大家自然很奇怪，回头一望，方知是志铮也已经到来了。瑞贞一见，先含笑叫道：

"志铮，你什么时候进来的?"

"林小姐，我早到了，可是我听了歌声就不知不觉呆住了。真是太好了，电影明星的金嗓子也及不来这么的好!"

"来，来，来，我给你们介绍介绍，这位是秦天鸣先生，他是我的表哥，刚从法国音乐院毕业回来。这位是张丽霞小姐，她是我的得意门生。这位是韩先生的少爷志铮先生，他是金陵大学的优秀生。"

瑞贞很高兴的样子，给他们絮絮地介绍着说。志铮向天鸣只点了点头，他有些迫不及待的神气，走到丽霞的面前，老实不客气地跟她握了一阵子手，笑嘻嘻地说道：

"张小姐，你唱歌唱得太好了，我从来没有听见过旁人有唱得像你那么好的! 所以我非常地佩服你，你真不愧是个歌中之后哩!"

"不! 不……你说得我太好了……"

丽霞被他冷不防之间紧紧地一握手，似乎有些窘住了。她当然看不见志铮是个生得怎么样的人，她认为志铮这粗暴的动作，那一定是个生得憎恶的面孔的人，所以她勉强地回答了两声不字，红了脸，却把手很快地缩了回去。天鸣于是向志铮搭讪道：

"志铮兄读的也是艺术吗?"

"不！我读的是法科。"

"啊！法科是多么枯燥乏味呀！艺术才值得我们整个生命和灵魂去研究的，艺术给予我们至高无上的快乐。志铮兄，你为什么不读艺术呢？"

"我今天听了张小姐的唱歌之后，我才觉得艺术的确是太伟大了，从今以后，我也喜欢艺术了。"

秦天鸣所以这样说，是因为他确实是个艺术的信徒的缘故，然而志铮之所以说欢喜艺术，当然不是他真正的爱好艺术，他完全是为了崇拜丽霞的美色，所以连带地崇拜起艺术来了。瑞贞听他口里说着话，两眼却目不转睛地盯住在丽霞的粉颊上，一时忍不住暗暗地好笑，遂说道：

"研究各科的学问，我以为也要看各人之性质所近，不是随随便便的谁都可以研究的。志铮从小就沉默寡言，可是和人争论事故，却又善于措辞，所以读法科是很对的，将来不难做个大律师。像丽霞这么天生的歌喉，那当然是研究唱歌为相宜。所以我说志铮要学艺术，恐怕是不大会成功的吧！"

"林小姐这话不错，志铮这孩子老是欢喜凑热闹，你们不用听他的。"

士成以做父亲的资格，老气横秋地回答。天鸣笑了一笑，说道：

"不过艺术可说是人生的灵魂，大凡有情感的人都爱好艺术的。比方那么说，法律家都是没有情感的，假使有了情感，强盗土匪捉获之后，他不是连判罪的勇气都没有了吗？"

"不！不！法律也不外乎人情，我以为情感是每个人都有的。

秦先生，我想拜你做个老师，你肯不肯教我唱歌呢？"

"志铮，你不要胡闹了，你是从小不爱唱歌的。"

"爸爸，你干什么老阻挡我呢？我现在欢喜啦！"

志铮还有一点儿孩气未脱的表情，好像有撒娇的意思。士成暗暗觉察儿子的神态，好像为丽霞的美色有些失魂落魄的样子，他心中有些忧愁，而且也有些不悦，遂瞪了儿子一眼，一本正经的态度，说道：

"唱歌的艺术比不了别的，是绝不能勉强的，况且你的声音，天生有些沙哑，我说你不必打扰秦先生宝贵的时间了。"

"那倒没有关系，麒派的歌唱，不是很时髦吗？"

天鸣认为同志多一个好一个，所以他却表示很不在乎地回答。志铮听了，乐得什么似的，耸了耸肩膀，笑道：

"秦先生，你既然这么地说，那么就让我试一试好吗？"

"好！我给你一个试验的机会。"

天鸣一面说，一面又在钢琴旁坐下了。他弹了一曲社会上最流行最普通的歌曲，叫志铮附和着唱，但志铮唱到隔调里去了，不是太快，就是太慢。而且唱到后来，声音硬逼成小而尖了，唱得众人都好笑起来。天鸣把琴声停止，摇摇头说道：

"这个实在是勉强不来的，志铮兄十足道地是个法律专家，只怕唱歌对你没有缘分吧！"

"可不是，我说你不成，你偏要试，现在可相信我做爸爸的话了？"

"失败是成功之母，那算不得什么，我自己慢慢吊嗓子，练习好了，再来请教秦先生吧！"

"很好，只要你肯学习，我想事情是不会不成功的。"

"秦先生，你这人很热心，那么我又要请教你，你看我学跳舞怎么样？"

"你开玩笑了，男子学跳舞，这终不大好。"

"志铮，你不要太胡闹了。"

士成听了，把脸一沉，表示有些着恼的意思。志铮于是不再说话，他望着丽霞的粉脸，大有痴然的样子。这时瑞贞却又笑道：

"说起跳舞，前几天有个葡萄牙的朋友来看我，他会跳舞台舞、康茄舞、踢踏舞。我就请他把这些基本动作，教一点儿给丽霞知道。不料她一学就会，好像是学会了已经很久的样子。所以我说丽霞天生是个歌舞曼妙的天才，将来还可以大出风头呢！"

"真的吗？表妹，你为什么不早些告诉我？我非请张小姐表演一下，给大家饱饱眼福不可哩！"

"赞成！赞成！"

志铮听天鸣这样说，他便第一个兴奋起来高喊着。但丽霞微红了脸，好像很不好意思的样子，低低地回答道：

"我还学得并不十分好呢！怎么能够表演给诸位看？对不起，过几天等我学好了，再献丑吧！"

"丽霞，没有关系，你跳舞，我给你伴奏钢琴。"

瑞贞说着话，已坐到钢琴面前去了，但丽霞似乎还有些委决不下的神气。士成见了，便走到她的身旁，拉了她的手，在她的耳边低低地说了一阵。丽霞方才含笑点点头，表示允许的样子。志铮这时一面看她跳舞，一面心中暗暗地奇怪着：想不到这位姑娘竟这样听从我爸爸的话，而且爸爸和她拉手，她也并没有像刚才那么显出羞涩而畏缩的样子，难道像我这么一个年轻而漂亮的青年，还及不上爸爸一个中年的男子使一个姑娘感到可亲吗？志铮这么地想着，心中自然十分纳闷。但仔细一想，也许她和我是初会的缘故，将来日子一多，她自然而然的也会和我亲热了。

经志铮这一会子反复地思忖，丽霞也已经舞毕坐下。志铮有些懊悔自己不该胡思乱想，似乎失去了欣赏她舞蹈的机会。因为一个人在想心事的时候，他会听而不闻、视若无睹的心不在焉。此刻听大家拍着手，于是也莫名其妙地大声叫起好来，因为忘其所以地高叫，这叫声不免有些刺耳朵。大家回头望了他一眼，尤其是士成的目光中包含了一点儿怒意的成分，好像责怪志铮的举动太近乎轻浮下流的意思。志铮自己想想，也觉得太冒失太盲从，因此涨红了脸，退到沙发上去坐下了。天鸣把话题又拉扯到丽霞身上去，微笑道：

"想不到丽霞有这样歌舞两全的天才，将来的前途，一定不可限量。"

"秦先生，你过奖了，我还得请你多多地栽培才好。"

"我说丽霞小姐，说不定还会成功一颗光芒万丈的大明星！"

"志铮，你不要随口胡说！"

志铮也凑趣地捧她，不料又被爸爸碰了一个钉子，因此他心中不免有些怨恨了。正在这时，瑞贞的母亲林老太太，亲自拿上两盘西点来，后面沈妈提了咖啡壶，在小圆桌上斟了五杯咖啡。林老太太笑道：

"各位肚子饿了吧？请用些点心再练习好了。"

"老太太，真对不起！要你费心了。"

士成连忙欠了身子，很感谢地说。瑞贞把手一摆，是请大家坐到小圆桌边去的意思，微笑着道：

"是一点儿吃不来的点心，请大家坐下来用点儿吧！"

"丽霞，你坐到这里来。"

士成很关怀地扶着丽霞坐下，志铮见了却很快地坐到丽霞的身旁座位上去。他把一杯咖啡，端到丽霞面前，也竭力献着殷勤说道：

"丽霞小姐，你试试看，甜不甜？要如太淡的话，我给你加两块方糖。"

"嗯……"

丽霞应了一声，却并没有回答什么。志铮自然感觉到非常的难堪，一时屁股下好像有针一般，真有些坐立不安起来。但丽霞扬着脸，却向瑞贞、天鸣又笑盈盈地说道：

"我应该向林老师和秦先生表示感谢，他们这样费尽心血的来教导我，那叫我真不知该怎么来报答才好呢？"

"不要客气，因为你是一个可造就的人才，所以我应该加以栽培的。"

天鸣笑了一笑，低低地回答。这时林老太太叫大家多用一点儿，她便带了沈妈走到外面去了。士成喝了一口咖啡，也微笑道：

"我也觉得向林小姐、秦先生两位致敬，你们代我尽了教导丽霞的义务，使她成功一位有用的人才，那在我总算也没有白费一番心血了。"

"其实我以为能够教到丽霞那么聪明的姑娘，这还是我的幸运和光荣！"

"表哥这话有意思，比方我没有一个兄弟姊妹，现在有了她做伴，倒反而使我不觉得寂寞了，说起来，不是还该感谢韩先生吗？"

士成听他们两人这样说，由不得哈哈地大笑起来。丽霞的粉脸也含了妩媚的浅笑，好像十二分欢悦的样子。士成想了一会儿，方才又正经地说道：

"我现在正计划着怎么样来完成丽霞的艺术教育？除了我们三人分担任教授文字、钢琴、歌唱之外，现在我想请林小姐和那个葡萄牙朋友去接洽，最好邀他来教授丽霞的基本跳舞，然后再送她到国立音乐院去读书，你们觉得我这个计划怎么样？"

"好极，好极，等她音乐院毕业之后，我可以送她到法国去！"

"说不定那时候我也想去游历一次。"

天鸣和瑞贞先后地回答，他们表示很赞成的意思。丽霞坐在旁边，心中感动得什么似的，因此使她脸部上反而没有了笑意，颤抖着声音，低低地说道：

"你们三位这样造就我，我心中的感激是不足以言谢的。啊！像我这么一个苦命的女孩子，想不到现在竟如此幸运起来，那我是多么的欢喜！多么的得意啊！我觉得这个世界实在太美了、太好了、太纯厚了、太真挚了！"

"丽霞小姐，我也愿意帮你的忙！"

志铮见她说到这里，眼角旁好像要流下泪来的样子，一时他也感动起来，遂情不自禁地向她说出了这一句话。丽霞觉得自己是那么的孤苦无依，有人肯帮自己的忙，那当然是多一个好一个的，所以这会子她表示感激的神情说道：

"谢谢你先生的好意！"

"志铮，你是一个法律家，丽霞是个艺术家，那你拿什么去帮她的忙呢？"

瑞贞望了志铮一眼，故意开玩笑似的向他笑盈盈问。这倒把志铮问得呆呆地愕住了，他微红了脸，有些局促，支吾地说道：

"我……我……可以把我所学的一切都贡献给她！"

"但是丽霞得了根本没有什么用啊！难道叫她也跟你去做法律家吗？哈哈！哈哈！"

瑞贞忍不住有趣地笑起来了，笑得志铮面红耳赤，十分不好意思。倒是天鸣给志铮解围说道：

"你不要笑他，他倒是一片热心肠，不管他所学的对于丽霞有没有用处，不过他一片挚诚互助的情意终是不能抹杀的！"

"秦先生这话不错，我认为人类应该有互助的义务。就是我们读法科的，将来也无非以维持公道、护助弱小者为目的。"

这似乎给志铮一个很好说话的机会，他满面显出正义的态度。瑞贞和天鸣听了，点点头，表示他这几句话说得很有些道理。就在这时，电话铃声响了起来，瑞贞连忙到书房去接听，原来是校长先生打来的，遂含笑问道：

"你是校长吗？有什么贵干？哦……哦……你要和我表哥谈一次话吗？很好，很好，他此刻正在我家里，那么我马上同他一块来吧！"

"什么事？林小姐。"

"校长前几天跟我谈起表哥，他很愿意聘请表哥为音乐教授。表哥倒也很有这一个意思，此刻校长想和表哥接谈接谈。我的意思，韩先生是教务主任，那么我们三个人就此刻去走一趟吧？"

瑞贞放下听筒，见士成这么地问，于是向他低低地告诉，一面含了笑容，又向他这么地央求。士成听了，那是义不容辞，遂点头说好。瑞贞回头又向志铮含笑说你们谈一会儿吧！于是他们三个人便走出书房去了。这里书房内便只剩下了志铮和丽霞两个人，志铮心中暗暗欢喜，觉得这是一个不可多得的好机会。但自己也不知为什么缘故，愈是要想说话，但却愈是说不出一句什么话来了。

第四回

只怨眼不明妾非薄幸

丽霞端端正正地坐在椅子上，她的心中似乎也感觉到室内是只有自己和志铮两个人了，不知怎么的，她那颗芳心也会忐忑地乱跳，至少有些害怕的意思。志铮此刻的喉咙口好像有什么塞住了一般，虽然有千言万语的话，要想和丽霞尽情地倾吐，可是却不知道该从哪一句说起的好。两人相对静默了一会儿，志铮咳嗽了一声，似乎很有些局促。但仔细一想，她是什么都看不见的，那我何必要显出局促不安的样子来呢？因此他又镇静了一下，望着她粉脸出了一会子神。

"请问……"

"请问……"

说也有趣得很，两人在静默了一会儿之后，却会同时开口问出了这两个字。但因为大家都说了请问两字，于是大家反而又说不下去了。志铮咽了一口唾沫，很温和而带有礼貌的态度，还欠了一下身子，虽然觉得自己假使再向她恭敬一点儿，她也绝不会看得见，但自己的动作，总好像把她当作一个眼睛看得见般地对

45

待，于是忍不住低低地笑道：

"丽霞小姐，你请先说吧！你问我什么哪？"

"我……我……还是你先说吧……"

丽霞支吾了一会儿，觉得没有什么可问，因此她又请志铮先说话。志铮抓了抓头皮，他觉得很奇怪，在平日自己是个挺会说话的人，怎么今天在一个瞎子的面前反而连一句话都说不出来了？他愕住了一会儿，最后鼓作了勇气，他站起身子来预备说话，但两人却又同时说了出来。

"请问……"

"天气……啊！对不起！怪我眼睛看不见，又打断了你的话了。"

丽霞再也想不到有这么的凑巧，因此她啊了一声，忍不住扑哧地笑起来了，一面点了点头，表示向他抱歉的意思。志铮听她这样说，倒又多心起来。暗想：这位小姑娘说话倒是很厉害的，在她这两句话中，明明是说她眼睛看不见，所以没有注意到我要开口说话。我是个有眼睛的人，难道也会没有发觉她预备跟我说话吗？那么在她心中多少有些讽刺自己的意思了。志铮这样想着，心中很懊悔，为什么今天自己的态度老是有些失了常似的，于是连连地说道：

"没有关系，没有关系，这怨不了你，原是我不好。丽霞小姐，你说天气什么啦？你只管继续说下去吧！"

"我说，我说的原也一点儿不重要，我是说天气渐渐地热起来了。"

"是的，天气真热，你感觉热吗？我来开窗子，不过夏天吹

46

来的风也是热的，我还是给你开电风扇吧！假使你口渴，我再给你倒杯冷开水。"

志铮认为这是一个殷勤奉承的好机会，随了他口中说的这两句话，他就开窗子、开风扇、倒冷开水地大忙而特忙起来。丽霞耳中听到了风扇的声音，同时还感到自己的衣服有些飘起来，遂很不好意思地说道：

"真对不起！我不过说了一句话，累你忙了一个够。"

"这算不了什么，只要你感到不太热就是了。"

志铮站在她的面前，搓了搓手，脸上含了欣慰的笑容，似乎对于丽霞说的这两句话，在他心眼上是感到了至高无上的安慰。但丽霞又感到自己的头发也丝丝地飘起来，于是伸手理着云鬓，低低地又说道：

"这风好像太大一点儿了！"

"对！对！这风太大了，我来给你关窗吧！"

在志铮此刻心中，假使丽霞说屁是香的，他当然也不会否认，所以一连地说了两声"对"字，翻身便走到窗口旁去。不过既到了窗口旁，心中不免又暗自想道，与其关窗，那还不如关风扇的好。这就啊了一声，又奔到电风扇旁边去，说道：

"我这人真是太糊涂了，我不该关窗，我应该关了风扇才对。丽霞小姐，你此刻感觉好一点儿了吗？"

"嗯！好！好！真是太费了你的心了。"

"算不了什么，算不了什么，为你费点儿心，这也是应该的事。"

"你不累吗？这么奔来奔去的。"

"不！不！我一点儿也不累。"

"我看你还是坐下来息息，我们谈谈吧！"

丽霞这两句话听到志铮的耳朵里，不免感到意外的惊喜，他眉飞色舞地坐到丽霞的对面，咳了一声，笑嘻嘻地说道：

"是，是！我们坐着谈谈吧！"

"你……是韩先生的少爷吗？"

"是的，所以你以后也叫我名字好了，我名字叫志铮，你知道吗？"

"我刚才听林老师这么叫过你。"

"丽霞小姐，我还没有介绍我自己的一切，我今年二十岁了，在南京金陵大学读书，是法科二年级学生。我觉得世界上的事情太没有公法了，所以我对于国际公法感到特别的有兴趣。我预备毕业之后，就直接到日内瓦去读研究院，专攻国际公法，将来替祖国的外交方面得到一点儿益处。你想，我的思想还算爱国吗？"

志铮滔滔不绝地说了一大篇自我介绍的话，他在吐露自己的思想和抱负，表示是一个很前进的青年。丽霞听了，很赞美地说道：

"嗯！你的确是一个爱国的青年，那你还是一位未来的法律大家。"

"不敢，不敢。在我决定研究法律的时候，我也经过长时期的考虑。归纳起来，我可以分五点来说，第一……"

"哦！哦！我想到窗口去透透新鲜的空气。"

丽霞听他说得特别的起劲，不过自己却感不到一些兴趣，而且还觉得有些沉闷，这就站起身子来，打断了他的说话。志铮慌忙走过去扶住了她，说道：

"不错，屋子里的空气，真的太闷一点儿了。丽霞小姐，我来扶你吧！"

"谢谢你。"

志铮很荣幸地去扶了她的身子，小心翼翼地和她一同走到窗口旁。院子外吹进来几阵凉风，两人身子都感到一阵舒服，志铮于是继续地说道：

"丽霞小姐，让我继续来讲我所以读法科的五大理由吧！第一点，人是个理智的动物，一定需要极周密的理智的法律来控制社会，因为社会上一切的祸乱，都是由于失去了理智的缘故。第二点理由，我们中国古代时候，就有主张法治的圣贤人，譬如商鞅啦、王安石啦……所以法治是我们中国原有的精神……"

"咳！咳咳……"

丽霞对于志铮说的，真所谓一只耳朵进去，一只耳朵出来，到结果，他说了大半天，但自己连他到底在说什么还有些莫名其妙。因此她感到讨厌，遂忍不住故作咳嗽起来了。

志铮慌忙又关怀地问道：

"怎么？你吹了风又觉得冷吗？"

"不！夏天里怎么会觉得冷？"

"那么你要不要喝口茶？"

"不！你别忙，让我静静地站一会儿好了。"

"丽霞小姐，恐怕你对于我说的这些话，你不大爱听吧？"

志铮到底还是一个善观气色的人，他觉得丽霞有些心不在焉的样子，这就放低了声音，又这么地问她。丽霞倒也是个很重情面的人，她心中虽然有不耐烦的意思，可是她口里却不好意思说出来，还摇摇头，否认道：

"不！我不是在听你说吗？你只管说下去吧！"

"你真的爱听还是假的爱听？"

"我……我……爱听……爱听……"

"好！那么我说下去。第三点理由，我觉得中国假使真正要走到民主这一条路上去，那就非提倡法治的精神不可！唉！法治……"

"你听，你听，这是什么虫儿叫的声音？叫得多好听的，我们多听一会儿吧！"

志铮正在说得津津有味的时候，忽然丽霞又打岔地说出了这两句话，好像对于那鸣蝉的声音，感到特别有兴趣的样子。这使志铮感到十二分的失望，他觉得自己所说的，也许一句话都不能听进她的耳朵里去，因此蹙了眉毛，回头望了她一眼。只见她含了妩媚的笑容，手托香腮，还在凝神细聆的模样，一时感到她这一副表情，真有些像书中美人一样好看可爱，他有些情不自禁的，伸手去摸她的手臂。丽霞冷不及防被他一摸，因为一心一意的在听鸣蝉的叫声，所以自不免吃了一惊，呀的一声叫起来，说道：

"你怎么……"

"哦……没有什么，对不起！我有些头晕。"

志铮慌忙缩回了手，他涨红了脸，支支吾吾的方才造了这么一个谎。丽霞信以为真，遂好意地说道：

"也许你累了吧！我想你还是早点儿回去休息休息的好。"

"不！我一点儿也不累，这头晕是……我的老毛病……"

"说不定是你平日用脑过度的缘故，那你应该给大夫瞧瞧呀！"

丽霞很关切地回答。志铮听了，心中有些甜味的感觉，笑了一笑，很得意的样子，说道：

"可是，我也不常常头晕，在暑天里，偶然有这么一次罢了。"

"暑天里好在放假的，你现在不用上学校去了？"

"是的，学校里放了近七十天的假，暑假比寒假要长得多。"

"那么你在这七十多天的假期有什么计划吗？"

"谈不上什么计划，我新买了几本关于国际公法的书籍，想和同学们一块到莫干山去避暑读书。"

丽霞点点头，脸上显现着很羡慕的表情。但又轻轻地叹了一口气，微蹙了细长的柳眉，低低地说道：

"你们在学校里念书真是幸福，有许多同学一块玩、一块读书，多么的热闹。像我……老是觉得那么孤单冷清清似的，唉！"

"丽霞小姐，假使你不讨厌我，我可以做你的同学，不知道你心中欢喜吗？"

"恐怕够不到这个资格，因为我还只有才读了几个月的书。"

"那没有关系，要我教法律的话，我倒可做你的先生。"

"可惜我不爱读法律。"

志铮听她和自己越谈越接近起来，心里倒是非常的欢喜。暗想：我们这样地谈下去，多少能够生出一点儿感情来吧！可是此刻听丽霞又这么地回答，他心头不免又有些焦急，遂把手在额角上敲了两下，说道：

"那么你要我教什么呢?"

"唱歌。"

"唱歌? 啊! 这……"

志铮听到唱歌两字，他心头会别别地乱撞了几下，想到刚才自己试的歌声，他全身一阵子热燥，连耳朵根都红了起来，遂忙说道：

"唱歌不是有秦先生和林小姐两位在教授你吗? 那我可以不需要了。我……我……哦! 有了，我来讲历史给你听，每天讲一段好吗?"

"那倒也好，譬如听故事，不过，你不是说要到莫干山避暑吗?"

"为了你，我可以取消这个意思。"

"怎么? 你愿意为我牺牲吗?"

"当然啦! 牺牲这点儿小事情算得了什么? 为了你，牺牲我的性命，这也很值得啊! 丽霞小姐，我决定不去了。"

丽霞听他说出这些话来，一颗芳心，似乎也有些感动。她说了一声你，但以后的话没有说出来，抬头向着天空，似乎在想什么心事的样子。志铮这时心头含了热烈的希望，这希望使自己感到无限的甜蜜和快乐，于是又低低地问道：

"怎么? 你不相信我这些话吗?"

"我相信，可是我听说莫干山是个好地方，不但风景好，而且气候又凉爽，你不去了，这不是太可惜了吗? 假使我能去的话，我心中就太高兴了。"

"你真的喜欢去吗？那也很容易，我可以要求爸爸，带你一同去玩。"

"恐怕他不肯答应，就是他肯，那也没有用啊！"

"你这话是什么意思？"

"你不明白吗？风景再好一点儿的话，我也看不见什么啊！"

志铮没有想到这许多地问她，但丽霞心头有些伤感，她颤声地说完了这两句话，大有盈盈泪下的样子。志铮怨恨自己太笨，为什么还要追根究底地去刺痛她的创伤，一时连忙又说道：

"丽霞小姐，你不要难过，我决定伴在你的身边，我也不去了。"

"那为什么呢？你不是和同学们约好了吗？失了信用，那你的名誉是很不好的。"

"名誉不过是一个人的第二生命，我为了你，连生命都情愿牺牲了，那何况是第二生命呢？再说我和同学也没有一定的约好，所以这也不能算为失信用的事。丽霞小姐，请你答应我伴在你的身旁吧！"

志铮一百二十分的诚恳，他内心的情感，冲动得厉害的缘故，他终于大了胆子，第二次又把她的手紧紧握住了。丽霞这回并没有惊叫，也没有挣脱，她那颗善感的心头，似乎被一种热烈的情所融化了，因此她面对着志铮，呆呆地却说不出一句话来。正在这个当儿，忽然士成从外面走了进来，他见儿子握紧了丽霞的纤手，也不知在做些什么。于是心中很不喜悦，遂故意连连咳了两声。志铮回头一见爸爸，心中有些害怕，遂很快地放了丽霞的手，恭恭敬敬地叫道：

"爸爸，你怎么先回来了？"

"我！我！你们在谈些什么？"

士成说了两声"我"字，不再说下去，沉着脸，就急急地反问。丽霞红了脸，却默不作声。志铮认为机会来了，遂含笑说道：

"爸爸，丽霞小姐愿意我每天教她一段历史，你说好吗？"

"怎么？你不是对我说预备到莫干山去吗？"

"是的……但……我现在不想去了。"

志铮见了爸爸那种难看的脸色，他心中是跳跃得快速，不免有些畏缩的表示，吞吞吐吐地回答。士成听了，这就一面孔显出尊长的样子，瞪了他一眼，用了责备的口吻，向志铮说道：

"年轻的人最坏的习惯，就是无缘无故的破坏自己预定的计划，你不是说已经约好了同学到莫干山自修去吗？一忽儿又变卦了，这你将来还能成大事业吗？"

"是的，爸爸，不过……"

士成这两句理直气壮的教训，在表面上志铮是绝对没有反抗的理由。因此红了脸，说了一声是的，他向丽霞望了一眼，显然后面意犹未尽，他还想跟父亲做个解释的样子。但士成不等他说下去，就瞪着眼睛，恶狠狠地说道：

"不过什么？我以为你既然决定去了，你一定得去的。回头家里再谈吧！我想你从学校回来之后，功课也该整理整理，早点儿回家去吧！"

"是，爸爸。"

志铮对于父亲这命令式的吩咐，他心中虽然有些反感的意思，可是表面上还只好绝对的服从，点头说了一声是的，他懒懒地跨出书房去了。忽然他又想到了什么似的，回身进来，望着丽霞说道：

"丽霞小姐，明儿见！"

"明儿见！"

丽霞听了，也向他招呼了一声。志铮把脚一顿，他在万分依恋不舍之下，恨恨地回家去了。士成方才走到丽霞身旁，拉了她的手，笑问道：

"丽霞，这孩子跟你说什么？"

"没有说什么，都是一些无关紧要的空话。韩先生，你回来了？林老师和秦先生呢？他们怎么还没有回家？"

"他们……他们……和学校里的校长先生还在谈话。我反正在那边没有事，况且……况且……我也有些不放心，所以我先回来了。"

士成把丽霞拉到长沙发来一同坐下，温和地摸着她的手，低低地说。丽霞对于他后面这句话，感到了稀罕，遂不明白地问道：

"韩先生，你不放心？什么事情不放心啊？"

"是……是……还不是为了我这个孩子吗？"

丽霞这句话把士成问住了，支吾了一会儿，才低低地回答。丽霞显出惊骇的神气，攀住了士成的臂膀，问道：

"啊！你说的是谁？"

"是我的孩子志铮。"

"他怎么啦？"

"他这人不大好，我恐怕他会欺侮你，所以我有些不放心……"

士成当初带丽霞回来的本意，完全是为了可怜她孤苦无依，激动了一些人类应有互助的义务。可是万万料不到丽霞却是个这么聪敏的姑娘，而且还生得这样倾国倾城的容貌，因此他一心一意地想栽培她，使她成功一个有名的歌舞女郎。不过士成还并没有存着一种非分的妄想，他完全以长辈的态度去爱护她。谁知丽霞因为感激士成的大恩，她什么话都听从士成，并且在士成的面前终是柔情绵绵的样子。日子久了，使士成那颗已经苍老的心也会忐忑地活跃起来，因为自己的太太为了家务，为了孩子，忙得不亦乐乎，平日回家，不但得不到一点儿安慰，而且还要时常听到太太的骂声。所以他觉得非常的苦闷，虽然他并不希望占有丽霞的身子，不过他觉得丽霞是自己的小情人，是自己唯一安慰的良伴。现在志铮回来了，他见到了丽霞之后，好像失魂落魄的样子，这样下去，难免和丽霞要发生爱情，假使他们谈起恋爱来，那么我做父亲的当然不能再和儿子的情人去一块亲近了。换一句话说，志铮是夺去了我的安慰者了。士成在这样思忖之下，他已顾不得自己是个上帝忠实的信徒了，他在丽霞面前想竭力破坏自己儿子的名誉，使丽霞心中对志铮可以有个恶劣的印象，那么自己和丽霞当然也可以永远地亲热在一块了。从这一点儿情形看起来，也可想女色的魔力是这一份使一个人消失理智了。

当时丽霞听了他的话，表示十二分的惊异，蹙了眉尖，自不免沉吟了一会儿。士成见她并无表示，虽又低低地问道：

"你不相信我这些话吗？"

56

"不！我并不是不相信，我觉得奇怪，他是个大学生，而且又是个读法科的，他这人怎么还不大好呢？"

丽霞这两句话问得相当有道理，使士成哑口无言，倒是怔怔地愕住了一会子。但他绞尽脑汁地又想出几句话来说道：

"丽霞，你不知道，上海地方是最万恶的。你不要以为有学问的人就个个是懂道理懂礼义的，但大学生也未必都是好的，荒唐下流的也不在少数。你更不要以为懂得法律的人就不会作恶了吗？可是在中国，知法犯法的人也实在太多了，所以……这是因为你看不见社会黑暗的缘故，恐怕将来就容易上别人的当。"

"我……不会的，我……不会的，你放心吧！"

士成这些话听到丽霞的耳中，她不免害怕起来，紧紧地偎住了士成，颤抖着声音回答。士成趁机抱住了她的娇躯，很欢喜地道：

"我当然很放心，不过我劝你终要小心一点儿才好。"

"是的，我觉得世界上除了你之外，就没有一个真正的好人了……韩先生，志铮这个人到底生得怎么样呢？我刚才觉得他对待我的情形，好像也很温和啊！"

"这是幸亏你眼睛看不见的好处，因为志铮这孩子一面孔生得很凶相，我从小就不大欢喜他，你不听秦先生说吗？读法律的人大都是没有情感的。"

"那么他一点儿也不像你吗？"

"嗯！简直一点儿也不像……"

丽霞很相信这些话，她点了点头，于是她的芳心里对志铮的印象也就坏透的了。两人又谈了一会儿，林瑞贞和秦天鸣也回来了，问志铮哪里去了？士成说回家去了，一面又问了接洽的情形，瑞贞说下学期准定请表哥担任音乐教授。士成见时候不早，方才告别回家，不料回到家里，韩太太虎起了面孔，却和士成大有相骂的神气呢！

第五回

惺惺惜别灵犀一点通

志铮垂头丧气地回到家里，他坐在书房内，心中十分闷闷不乐，暗暗地想了一会儿心事，觉得事情真有些奇怪。爸爸对于我跟丽霞的行动，好像非常的注意，不但是注意而已，并且还有些监视的样子。他似乎不许我和丽霞去亲热，换句话说，他是不许我跟丽霞去谈恋爱。这是为了什么缘故呢？难道他妒忌我吗？难道他也有爱上丽霞的意思吗？不过爸爸是个四十岁的人了，而丽霞还只有十七岁的女孩子而已。就是爸爸真的想爱上她，我想丽霞也绝不会去爱上一个有妇之夫，并且还有子女一大群的老头子啊！志铮一个人正在百思不得其解的时候，只见母亲悄悄地走了进来。韩太太见儿子呆呆地坐在书房内出神，这就呀了一声，说道：

"志铮！你什么时候回来的？我怎的一点儿也不知道？"

"刚才回来。"

志铮有气无力地回答了四个字，他低了头，依然显出愁眉不展的样子。韩太太心中有些怀疑，遂又问道：

"你爸爸呢？没有一同回来吗？"

"嗯！"

"你吃了点心没有？我去烧一点儿绿豆汤给你吃好吗？"

"不要吃！"

韩太太看儿子连说话都有些不高兴的样子，一时奇怪地咦了一声，皱了眉毛，望了他一眼，低低地问道：

"干吗显出这样不快乐的样子？你有什么心事吗？"

"没有。"

"好孩子！我见你神色很不好，那么你有些不舒服吗？"

"没有！没有！"

志铮显出十二分不耐烦的神气，连连说了两声没有。韩太太在别人的面前，她的火气非常大。就是对待士成，她也不肯温情蜜意地体贴他。不过只有在这个大儿子的跟前，她情愿忍气吞声，尤其在今天是儿子第一天回家，她是更不愿使儿子有不高兴的事情。所以她并不以为碰了儿子一鼻子灰而感到恼怒，她还是和颜悦色的表情，微微地一笑，说道：

"好孩子！你不该对妈这个样子呀！你到底受了谁的委屈，你好歹也告诉给我知道，我做妈的会给你出头的。好孩子！你说吧！"

"妈，我刚才回来的时候，不是说要和同学们到莫干山去避暑吗？"

"是的，我们答应你去啊！谁也没有拒绝你，你干吗不高兴呢？"

志铮方才向母亲这样问，韩太太点点头，含笑回答。但志铮很快地又说道：

"但是，我现在不想去了。"

"不想去？那也没有关系呀！这些反正都随你自己的意思好了，我们终不会来干涉你。傻孩子！这也值得闷闷不乐吗？"

韩太太倒忍不住笑起来了，拍了拍他的肩胛，有趣地说。志铮站起身子，显出忧抑的表情，叹了一口气，说道：

"妈，你不知道，有人一定要我去呢！"

"是谁？"

"爸爸。"

韩太太非常奇怪，怔怔地问。志铮说了爸爸两个字，他的脸上浮现了无限的怨恨，这把韩太太更惊奇得呆了起来，遂咦了一声，急急地问道：

"我不懂，他为什么一定要你到莫干山去呢？"

"谁知道？爸爸真没有理由！"

"你放心，你不要去莫干山，你只管不去，回头我跟他评道理。"

志铮听母亲气愤地说，因为有了帮忙的人会跟自己代为说话，他的心中方才欢喜起来。情不自禁偎到母亲怀里，说了一声好妈妈！不料齐巧被进来的志群和志钧看见了，大家划着脸羞他，说哥哥老面皮，还要叫妈抱哩！因此大家倒忍不住笑起来了。

太阳已向西山脚下沉沦了，黄昏已笼罩了大地。士成由瑞贞那里回到家中，不料韩太太一脸的怒容白了他一眼，冷冷说道：

"我瞧你真是越老越糊涂了，为了这个瞎子，你哪一天好好的在家中坐坐看看书管管孩子？每天非到天色黑下来是不肯回家的。你这老魂灵啊快要飞掉哩！"

"太太，你怎么啦？又是在谁的面前受了委屈？就向我身上出气了。"

士成被太太没头没脑地这么一顿大骂，心里真是十二分的恼怒，但士成天生就有些惧内的缘故，因此他的火星便再也发泄不出来了，只好赔了一面孔的苦笑，向她忍气吞声地回答。不料韩太太一听这话，好像火上加油，更加大怒起来，伸手把台子一拍，大骂一声放屁，喝道：

"你这是什么话？你是好人，你肯给我出气吗？"

"太太，那么到底是为了什么事情呢？"

"哼！你自己做的事，你难道还不明白吗？想你也是一个大学毕业的人，谁知道你思想这么顽固陈旧，你预备实行专制手段吗？你简直是时代的叛徒、社会的败类！"

士成被太太骂得两颊绯红，心头别别地乱跳，他在室内团团打了一个圈子，急得搓着手，望了太太凶恶的神态，他带了央求的口吻，说道：

"够了，够了！我的好太太！你这话是打从哪里说起呢？我这个家庭里，老实说，再民主化也没有了，我哪里实行什么专制的手段呢？那你也未免太以冤枉我了！瞧，幸亏孩子们都不在这里，要不然，你叫我还有什么面子做人呢？"

"没有面子做人，死啊……"

"这……这……太太！你……你……莫非中了邪气了吗？"

"邪气？哼，你才中了魔哩！你说你这个家庭里是绝对民主

62

化的，那你为什么用强迫手段啊？你说，你说，你给我说出一个理由来。"

韩太太听士成说自己中了邪，这明明是侮辱自己的意思，一时更加怒不可遏，这就弹出了眼睛，戟指赶上去，凶巴巴地逼问他。士成在他太太一步一步逼上来的时候，他是只好一步一步地退下去，在圆桌子旁转了一个弯，很快地逃到下首窗边去。他有些哭脸带笑的样子，双手连连地拱着，说道：

"对不起！太太，请你别赶过来，我们好好地说话吧！"

"怎么？你当我什么？"

"我真有些怕你……"

"怕我？放你臭屁，我会吃了你吗？你怕我，你给我出去！"

"这……这……真是莫名其妙的事情，我几时对你用过什么强迫手段？你要这么地向我大发脾气啊？"

士成觉得太太此刻的眼睛，是好像发出了绿色的光芒，这不像是个有情感有理智的人类了，仿佛是一只凶恶的狼，张牙舞爪地似乎要想吞噬一个小动物的神气。因此他怕得有些发抖，话是带着口吃的成分，他几乎要哭出来的样子。韩太太冷笑了一声，说道：

"好！你自己说的话，还一点儿不知道，可是你这人糊涂得这一份样儿了。现在我告诉你，你为什么要强迫志铮到莫干山去呀？他不要去了，这是他应有的自由，你强迫他去，这还不是你的专制独裁吗？"

"哦！哦……原来是为了这……一件事……"

士成的心中方才有了一个恍然大悟，哦了两声，一面说，一

63

面心中暗暗地痛恨：这小畜生太可恶了，竟利用他的母亲来欺侮我吗？一时情急智生，便微微地一笑，说道：

"太太，你且不要光火，我所以要他一定上莫干山去，当然也有我的道理，你以为他好好的为什么一忽儿又不去了呢？"

"那有什么稀罕？他不去是他的自由，你凭什么要干涉他？"

"唉！太太，你还要庇护他呢，他是因为见了这个丽霞姑娘之后，所以不想上莫干山去了。"

韩太太听了这句话，果然跳起来了，涨红了脸，啊了一声，急急问道：

"什么？你这话可是真的吗？"

"当然真的，你不相信，你可以问他自己。他为了要想每天讲一段历史给丽霞听，所以他不想上莫干山去。我见他的样子完全有爱上丽霞的意思，所以我非强迫他离开这儿不可。太太，你不是很憎厌这个瞎了眼睛的女孩子吗？要如儿子跟她恋爱上了，那你怎么办？我想你一定大感失望，而且十分的痛苦了。你现在仔细想一想，我是不是应该强迫他上莫干山去呢？"

士成见太太凶恶的神情，终于慢慢地平静下来，一时心中感到胜利的欢悦，他滔滔地说了这一大篇的话，表示理由十分充足的样子。韩太太蹙了眉尖，真的有转移目标恨到志铮身上去的意思，微微地叹了一口气，说道：

"这孩子太糊涂了，我真有些不相信，一个大学里念书的青年，他竟会去爱上一个瞎了眼睛的姑娘，这不是笑话吗？"

"太太，不过事实的确是这样，我可并没有冤枉他，假使你愿意儿子去爱上一个盲目的女孩子，那我就绝不再强迫他上莫干

64

山去了。"

士成明知道自己这一个计划是成功的，一时非常的得意，遂故意又用这样话去刺激她说。韩太太听了，连连摇手，说道：

"那不行，那不行，我是不需要一个瞎了眼睛的姑娘来做媳妇，他要爱别人都可以，要爱这个瞎子，那我可不答应。"

"你不答应，那么你也应该叫他上莫干山去呀！假使留在这儿的话，暑假里这遥长两个月的日子，他们在一块日久生情，还不会互相地爱上了吗？"

韩太太听了，点了点头，表示同情士成的意思。士成觉得每次和太太吵嘴，终是自己失败缺理的，今天居然也能够使她弄得哑口无言，这真是一件太难得的事情，所以乐得耸了耸肩膀，笑道：

"可不是？所以我说无论一件什么事情，终要调查清楚了再发脾气，比方像今天的情形，我觉得我是太受一点儿委屈了。"

"委屈？哼！老实说，归根结底说起来，还不是你这个老糊涂不好吗？"

士成的意思，他是很想听到太太说几句安慰自己的话。但万也料不到太太在略一沉吟之后，她的脸立刻又虎了起来，瞪了他一眼，恨恨地骂着。士成有些目定口呆的样子，怔怔地问道：

"太太，你……这又是什么意思呢？"

"你还问我吗？你行善心呀！你做好事呀！要你老远的去弄来这么一个瞎了眼睛的姑娘，还要栽培她唱歌呀！跳舞呀！我看你真是在热昏！假使你不把她带到上海来，志铮怎么会去爱上她？就是要爱也无从爱起呀！所以我怪来怪去，还是怪你这个老糊涂不好！吃饱了饭，管什么闲事呢？"

韩太太这一大套的话说得理直气壮，因此把这一场吵闹又转败为胜起来，她是越说越有理，越说越光火，眼睛狠狠地白着士成，恨不得上前把他打两下的样子。士成这就不免暗暗地悔恨起来，好好的已经得了胜利，不是很有面子了吗？偏偏还要扎足台型，因此到结果还是弄得失败为止，他哑子吃黄连似的一声不响，便悄悄地溜到书房里去了。

晚上，志铮见爸爸不在上房里，遂偷偷地走了进来，向母亲探问这件事的消息如何？韩太太很不乐意的样子，瞅了他一眼，低低地说道：

"志铮，我也得问你一句话，你好好的为什么又不想上莫干山去了呢？那边风景好，天气阴凉，暑气全无。在那边读书，不是比上海更要舒服得多了吗？"

"妈，你这话虽然不错，但上海离开莫干山也很远，在那边住上两个月，也得花费很多的钱。近来生活程度高涨得厉害，我想爸妈赚钱不容易，可以节省的终应该节省一点儿。妈，你想我这意思对吗？"

"你这意思很对，不过，我想你绝不是为了这个缘故吧？"

"妈，那么你说我是为了什么呢？"

韩太太听他说得多好听的话，这就微微地一笑，话声至少包含了一点儿神秘的成分。志铮心头这就吃了一惊，故作不明白的神气，急急地问。韩太太哼了一声，淡淡地说道：

"你也不要假惺惺作态吧！我老实问你，你是不是爱上了那个瞎了眼睛的姑娘，所以舍不得离开她呀？"

"妈……不！我……我没有这个意思呀！"

志铮也是个善于鉴貌辨色的人，他觉得母亲的神态是大不满意的样子，可见她并不赞成自己跟丽霞去谈恋爱，那么我何必自讨没趣呢？虽然他心中是十万分的痛苦，不过他表面上还显出很坦白毫不介意的神气，叫了一声妈，低低地否认。韩太太显出非常严肃的态度，在她的脸上此刻是找不到一丝笑意，一本正经地说道：

"你没有爱上她的意思，那很好，妈非常欢喜你。假使你有爱上她的意思，我也希望你马上的打消这个主意，因为你妈是绝不愿意你去爱上这一个盲目的姑娘。孩子！你不是一个受过高等教育的大学生吗？你的前途是多么的光明！况且你的脸蛋也生得不错啊！你凭什么要去爱上一个瞎子，难道你怕将来讨不着一个美而贤的妻子吗？"

"是的，妈，我并没有爱上她……"

志铮虽然是对于母亲的话颇觉得有些格格不相入耳，但为了怕惧的缘故，他不得不压低了喉咙，很勉强地回答。韩太太听了，却相反地感到欢喜，拍拍他的肩胛，很欣慰地说道：

"好！你这才是我的好孩子！志铮，那么你还是上莫干山去自修吧！"

"妈！啊！你……"

"什么？你舍不得离开丽霞吗？"

"不……我跟她……根本没有意思。"

"那更好了，你还是决定的去莫干山吧！"

一阵失望，像一支利箭刺穿了志铮的心胸，他觉得说不出的痛苦和悲酸。当他垂头丧气跨出母亲房中的时候，他的眼眶子旁忍不住涌上了一颗晶莹的泪水来。

第二天早晨，志铮趁着父亲上学校里去了，他便悄悄地溜到瑞贞家里来，这时瑞贞的家里，除了丽霞之外，没有第二个人。志铮见丽霞坐在书桌旁，两手静静地摸着凸出的书本，显然是用功地在念书。一个瞎了眼睛的姑娘，尚且这么学上进，这使志铮心中对她更起了一阵爱慕之情，因此站在室内，倒是怔怔地愣住了一会子。

丽霞的眼睛虽然是看不见，但她的感觉比亮眼人更是灵敏得多。她似乎已发觉室内进来一个人了，于是扬着粉脸，问道：

"是谁？沈妈冲茶吗？"

"哦！不！不！是我……"

志铮十分惊喜的表情，慌忙抢步上前走过去，急急地回答。其实他单说了一个我字，而没有自我介绍，这是他的糊涂。不料丽霞却心细如发的早已听出了这说话的声音是谁，便含了笑站起身子来，低低地问道：

"你是小韩先生吗？"

"啊！你怎么知道的？丽霞小姐，你的眼睛莫非看得出了吗？"

志铮这一惊喜，他不免笑出声音来了，遂伸手握住了她的手，紧紧地摇撼了一阵问她。在他心中是有这一层希望，假使她的眼睛果然明亮了，那么这样一个十全十美的姑娘，母亲一定是允许我去跟她谈恋爱了。他心中有了这一层幻想，所以他喜欢得有些发狂的表情。但丽霞是并不知道他心中有这一层意思，她的感觉上终认为志铮的举动未免是近乎粗暴和野蛮，因此想起士成告诉的话，志铮的面孔是很凶相的。想到这里，她的芳心一阵子乱跳，脸上浮现了害怕的神情，很快地缩回了手，低低地说道：

"我眼睛怎么会看得出？无非是听了你说话的声音猜测着罢了。小韩先生，你这时候怎么会来呀？请坐吧！"

"哦！那你真是又细心又聪敏，而且记忆力也太好了。你不是和我只谈过一次话吗？想不到连我声音都已经熟悉了。丽霞小姐，我很感激你！"

"这算不了什么呀！因为我到上海来之后，接谈的人太少，那自然比较容易记牢一点儿。小韩先生，你何必这样客气呢？"

丽霞向他这样解释着，志铮刚才热烈的欢喜，又不免淡了下来，暗自想道：我以为她对我有特别好感的意思呢！原来她是为了接谈人数少的缘故。他有些失望，忍不住暗暗地叹了一口气。丽霞似乎也听到他的叹声，遂奇怪地问道：

"你好好儿为什么叹气呢？"

"因为……因为……我才和你见了面，但是不久，我们又要分别了。"

"你上哪儿去？"

"我……我到莫干山去呀！不是昨天和你说过吗？"

"嗯！我忘了。其实你不用叹气，莫干山是好地方，许多人想去而没有去的机会，所以我觉得你还是一个幸福的人呢！你还要叹气，那你真是傻瓜！"

丽霞点点头，笑了一笑，很俏皮地说。但志铮却急了起来，连说两声不！不！他表示万分真挚的情意，一本正经地说道：

"丽霞小姐，只要我和你常在一块，那就是天堂吧，我也不想去了，那何况是莫干山呢？"

"上海在暑夏是很热的，你不怕热吗？"

"不怕，我只希望常和你见面，再热一点儿我也不怕！"

"那你为什么一定要去呢？"

"不是我自己的主意，昨天你终也听见爸爸说的吧？他强迫我，那又有什么办法？"

志铮还听她这样问，一时非常地难过，他一面告诉，一面好像要哭出来的样子。丽霞在桌边又坐了下去，她心中暗暗地想着，奇怪得很，他为什么对我要这样恋恋不舍呢？因此，她自不免沉吟了一会儿，接着说道：

"不过你爸爸这人很好，他说的话当然不会错。况且一个做儿子的，也应该听从爸爸的话。所以我劝你不要难过！"

"是的，为了这样，我今天特地来向你辞行。这并不是我不肯每天讲一段历史给你听，这个千万请你原谅我才好！"

"当然，当然，我很明白你的苦楚。我绝不会怪你的。"

"你知道我的苦衷吗？那我真是太感激你了。"

志铮听她这样说，心里倒又感觉十分的安慰，他含了微笑，伸手又想和她去握住的样子。但丽霞却先说道：

"小韩先生，你不要老是站着，你为什么不坐啊？"

"哦！我坐，我坐！"

志铮只好缩回了手，把身子又退到沙发上去坐下了。他心里感到十二分的奇怪，为什么一个瞎子却能知道我一切的行动呢？因此他望着丽霞花朵般的面庞，倒又怔怔地愕住了一会儿。两人

70

这样相对地坐着，彼此默默地不说一句话，也不知经过了多少时候？丽霞开口又说道：

"小韩先生，你今天到来还有什么另外的贵干吗？"

"没有什么别的事情，就是因为我要和你分别了，所以和你很想多谈一会儿。"

"那么你说吧！干吗老是呆坐着呢？"

"我要跟你谈的话实在是很多很多，但一时里我却不知该和你从什么地方说起才好。丽霞小姐，不知道你也明白我心中要对你说的话吗？"

"这……我哪儿能知道？你不是跟我太开玩笑了吗？"

丽霞微微地一笑，摇了摇头；她似乎感到有趣地回答。志铮心中感到十二分的失望，他似乎觉得跟一个瞎子谈恋爱，确实是太幼稚太盲目一点儿了，我这几句深刻的话，她却一点儿不能领略到，那么她不是一点儿也没有灵感吗？因此他垂了头，默默地又呆住了一会儿。良久之后，他颓然地站起身子，方才说道：

"丽霞小姐，我走了……"

"你走了？"

丽霞的心里是感到了意外的惊讶，她情不自禁地跟着站起身子向他低低地问。志铮点点头，他有些凄婉地口吻，说道：

"是的，我走了，等我从莫干山回来的时候再见吧！"

"小韩先生，你怎么啦？"

"没有怎么……"

"可是，我觉得你说话的声音有些两样……"

"不……不……不是一样吗？丽霞小姐，我们再见。"

志铮被她这么一说，也不知为什么缘故，他心头好像更悲酸了一点儿，他似乎没有勇气再在这儿留恋下去，他一面否认着，一面流着说不出所以然的眼泪，身子已向门外走了。但丽霞感觉到他后面这两句话更颤抖得厉害，于是她芳心跳动得更厉害，情不自禁地叫道：

"小韩先生，你回来！"

"丽霞小姐，什么事？"

"没有什么，你一路小心点儿吧！"

"谢谢你，你也保重点儿……"

志铮想不到自己临走的时候，她还会对自己说出这一句关怀的话来，一时觉得丽霞姑娘到底还是一个有情感的人，他在无限失望之余，又感到一点儿新的希望，这就感动地走上一步，和她紧紧地一握手，方才匆匆地跨步走出房去了。丽霞这时心中有些说不出是什么的滋味，她只觉得有些怀疑，有些捉摸不定，有些难受，有些情感的激动，她茫然地愕住了一会儿，身子却颓然地倒在沙发椅上去了。

第六回

绵绵柔情失望泪滴胸

几阵凉意的秋风，吹来了秋的气息，虽然中午是还感到一点儿夏的尾巴的热燥，但早晚的时候，确实有些秋的寒意了。这是一个黄昏的时候，秋阳淡淡地已在向大地万物作别了，它有些凄凄切切的样子，好像有些无限哀怨的表情。四周是那么的静悄，丽霞一个人坐在书房里，觉得分外的寂寞。这时小院子里一阵唧唧唧唧蟋蟀的鸣声，触送到丽霞的耳中，好像觉得这声音颤而哀，不像夏季那么的雄壮动听，至少有些似泣似诉、如怨如慕的成分，丽霞心中那么地想，这秋虫也是一个孤苦伶仃的身世吧！要不然，它为什么悲鸣得那样令人酸鼻呢？因此她忍不住深长地叹了一口气。

"丽霞小姐，丽霞小姐！"

"是谁？你是谁？"

忽然一阵急促的呼声，听到丽霞的耳朵里，使她心中不免感到惊奇起来，遂也站起身子，扬着脸，急急地问。原来进内的是个身穿西服的少年，他就是从莫干山回来的志铮。志铮手里拿了一束花，还有胁下挟着一个纸包，他听丽霞这样问，遂忙又说道：

"怎么？你又听不出我的声音来了？"

"我想一想，哦！你是小韩先生吗？你从莫干山回来了？有两个月日子不见了，那怨不了我，你的声音我生疏得多了。"

丽霞虽然觉得这声音有些陌生，但凭志铮只一句话，在她聪敏的感觉上，便立刻明白过来了，她微微地一笑，一面招呼，一面解释着所以听不出来是谁的缘故。志铮似乎又欢喜起来，他走到丽霞身旁来，笑道：

"丽霞小姐，我们两个月不见了，你好？"

"谢谢你，你也好？"

"我带来几样东西送给你，不知你心里喜欢吗？"

志铮把一个纸包塞到她的手里去，低低地说。丽霞摸了摸，凭她手指的感觉猜想，大概是几样化妆品，遂笑了一笑，放在书桌上，说道：

"你太客气，不是破费你了吗？"

"值不了几个钱，那算不了什么。丽霞小姐，我还带来一束花送给你。"

"啊！还有花吗？谢谢你，劳你插在花瓶里吧！你是个法律家，怎么也爱花？"

"我知道你爱花，所以特地来送给你的，你爱这个香味吗？"

志铮见丽霞好像十分喜悦的样子，一面接了那束花，凑在鼻子上闻了闻，然后又递给他说。志铮遂给她插到那只花瓶里去，回身又向她低低地问。丽霞笑着点点头，说道：

"这香味很不坏，就是太浓了一点儿。"

"要不我马上给你去买一种优雅一点儿的花？"

"不！你买来的很好，何必再去买呢？小韩先生，你请坐吧！"

丽霞忍不住好笑，遂摆了摆手，是请他坐下的意思。志铮于是坐了下来，同时请丽霞也坐下，两人默默地坐了一会儿，志铮又说道：

"怎么林小姐不在家里吗？"

"嗯！林老师跟秦先生出去瞧电影了，还没有回来。"

"那你为什么不跟她们一块去？一个人坐在家里不冷静吗？"

"小韩先生，你……你……挖苦我吗？"

志铮说顺了嘴，随口问了出来，但丽霞听了，蹙了眉尖，很觉刺耳，显出难堪的样子，低声说。志铮这才猛可地想明白过来，不禁啊了一声，涨红了脸，表示无限局促的表情，急道：

"对不起！对不起！我失言了，请你原谅我吧！"

"不过，我也很明白，一个不常跟瞎了眼睛的人说话，的确往往会弄错，所以我并不怪你，这是我自己和普通人不同的不好。"

志铮被她这样一说，心中更加不好意思起来，因此呆呆地又坐了一会儿，却没有开口说什么。大约三分钟后，志铮方才说道：

"我们分别两个月的日子，我真想念你，我差不多没有一天不想念你的。"

"真的吗？谢谢你的好意。"

"我寄给你的信，不知道你可曾收到吗？"

"收到一封，是你爸爸念给我听的。"

"怎么你只收到一封吗？可是，我至少寄给你有十多封，你难道没有收到吗？"

"我又不能念，而且也写不来回信，所以你爸爸不让我再接你的信了，他说这样可以避免许多的麻烦！"

志铮听她这样回答，觉得爸爸太和自己作对了，心中在十分愤怒之余而更感到怨恨，遂急急地说道：

"但我不是叫我妹妹来念给你听吗？"

"你妈不肯她上这儿来，所以你妹妹也和我好久不见了。"

"这……这……你难道也不喜欢看我的来信吗？"

"你又嘲笑我了，我要如能看的话，那就好了。唉……"

志铮这句话倒又引起了丽霞的伤心，她轻轻地叹了一口气，有些凄凉欲绝的成分。志铮有些懊悔自己不该太鲁莽了，遂伸手重重地打了自己两记额角，急得有些口吃了成分，慌张地说道：

"该死！该死！我又说错了话。丽霞，那不是我有意这么说的，我实在是因为心中一急的缘故。其实我对你是诚恳的，是忠实的，是真挚的！我觉得你好像是我的生命一样……"

"小韩先生，你这未免说得太过分了！"

"不！不！一点儿不过分。我和你虽然认识的日子不多，但我对你的感情，是超乎一切朋友之上，我认为你是我的知音……丽霞小姐……"

志铮好像预先背熟了似的，滔滔地说得非常的流利。他全身的血液流动得快速，火样的热情好像要喷出来的样子。说到这

76

里，便站起身子，走到丽霞的面前，也不知打哪儿来的一股子勇气，猛可拉住她的手，因为是情感激动得太厉害的缘故，使他说话的语气已包含了颤抖的成分，说道：

"丽霞，我爱你，我爱你，我自从见了你之后就爱你，一直爱你到现在，这两个月的日子来，我可说一时一刻也没有间断地爱着你！"

"什么？你说的……"

丽霞听他直接地说出许多求爱的话来，一时那颗芳心就像小鹿似的乱撞起来，绯红了粉颊，立刻又站起身子，向他吃惊地问。但志铮握住了她的手并不肯放松，显出认真的神气，说道：

"是的，我真真实实地爱你！我要求你跟我结婚！"

"啊！结婚？你跟我开玩笑吧！"

丽霞不免惊叫起来，她竭力想挣脱他的手，但是志铮握得相当的紧，一时竟挣扎不脱。于是她芳心里想起士成说的那句话，他的脸是生得很凶相的。因此丽霞脑海里会浮现了一个凶恶的鬼脸，她几乎吓得瑟瑟地发抖起来。不过志铮还像一个忠实的信徒一般，他用了万分虔诚地口吻，说道：

"不！不！我绝对不说一句笑话。我对你的信仰，好像是一个信徒对主耶稣一样，对上帝一样，我没有了你，我就失却了灵魂，我没有了你，我好比没有了生望，所以我求求你，请你答应做我的妻子。我情愿终身服侍你，做你的牛马，做你的奴隶！丽霞，你……你……千万地答应我吧！"

"小韩先生，那你不是跟我开玩笑吗？你……愿意和一个瞎了眼睛的女孩子结婚吗？那你将来一定会感到痛苦！"

"不！绝对不会痛苦，只要你答应我，那便是我终身的幸福！丽霞，你长得太美了，太动人了，我这一生实在少不了你的！"

丽霞的脸色由绯红而慢慢地平静下来，她终于挣脱了他的手，在椅子上又坐下了。把脸望着窗外，显出冷若冰霜的样子，说道：

"小韩先生，你不是一个大学生吗？我觉得你谈恋爱似乎太盲目了。"

"怎么？你……的意思……"

"我不知道什么，是你爸爸说的，我觉得他的话很对……"

"我爸爸跟你怎么说的？他说我不好吗？"

"嗯！他说你在求学时代，应该专心求学业上的进步，不应该跟我来瞎缠。"

志铮听了，方才知道又是爸爸跟他在捣蛋，他心中痛恨得什么似的，这就咬着牙齿咯咯作响。但他口里还加以解释着说道：

"一个青年，对于学业固然要紧，但是对于恋爱，也一样地需要。比方说，我能够得到你的相爱，那在我精神上就得到无上的安慰。我的心灵既然有了寄托，那我的学业自然也蒸蒸日上了。"

"你爸爸又说，一个青年拿眼睛来讲爱情，这是最靠不住的，今天喜欢这一个，明天喜欢那一个，绝没有一定的方针。我听你刚才说我长得太美了、太动人了的话，我觉得你爸爸的话说得一点儿也不错！"

丽霞因为脑海里已经存了一个恶劣的印象，所以对于志铮说的，始终没有信念，她在想着士成对自己劝告的话，觉得越想越不错，遂用了轻视的口吻回答。志铮是急得要哭出来的样子，抓抓头皮，搓搓手，说道：

"丽霞，你不要上了我爸爸的当，我绝不是这么一个见花爱花的青年。我的爱是真挚的，我的爱是专一的，我活了这二十年来，我从来没有一个女朋友，而且我从来也没有爱上一个人。实实在在今天爱上了你，还是我破题第一遭。"

"你爸爸又说，越是口里说得情深蜜意的青年，他的心里越是最奸诈阴险！因为世界上的女孩子，都是中了花言巧语的圈套，才弄得身败名裂而失足的！"

"丽霞，你难道拿我也看作这一班无赖的青年吗？"

志铮听她毫不容情地一句一句地说着，他心中是焦急极了，痛苦极了。他说这句话的时候，他的眼泪已经贮满在眼眶子里了。但丽霞还是冷酷地说道：

"那我怎么知道呢？"

"啊！你……你……要不要把我的心挖出来给你看？"

"你怎么老是喜欢讥笑我？难道你忘了我是一个瞎了眼睛的人？"

志铮跳起来说，他急得真的哭了。但丽霞鼓着粉脸，含了怨恨的表情，还是非常生气的样子。志铮暗想：糟了糟了，在一个瞎了眼睛的情人面前，那话实在是太不容易说了。他心中这一急，似乎连哭的时间都没有了，慌忙收束了泪痕，又急急地说道：

"我怎么敢讥笑你？丽霞，你信不过我，我愿意念誓给你听。"

"不用，不用，我不希望听什么死活的话，这就是属于花言巧语那一类的……"

"那么你要我怎么样表示才算真正的爱你呢？你说，你吩咐我，我什么都可以依顺你！"

"我没有什么可以吩咐你，我就希望你不要爱我。"

"我如何能够不爱你？我爱你是爱到快要发疯了！我的心快要炸裂了！你不要这么铁石心肠似的硬！你千万要可怜可怜我，你就答应和我结婚吧！我可以永远地伴在你身边，服侍你，爱护你，我们可以组织一个快乐的小家庭，我可以为你活，我可以为你死！丽霞，你是大慈大悲的观世音，你终不忍一个青年为你而堕入最悲惨的境地吧？你……"

"好了，好了，小韩先生，我非常的感谢你，我算你是这样地爱我。"

丽霞对于他一连串的像一个信徒做祷告似的话，她那一颗芳心也不免有些感动起来，遂阻止他再说下去，两条眉毛有些微微地锁起来。但志铮立刻又辨明着说道：

"怎么说就算？我是完完全全真真心心地爱上你了呀！"

"你别忙，我不过是比方那么说，就算你是很爱我，而且我也很爱你……"

"啊！我的天哪！你很爱我吗？"

"唉！你为什么要这样的猴急？我不是说比方吗？你要再那么打岔我，我就什么都不愿说了！"

丽霞虽没有看见他是哪一种的表情，不过凭他那一句天哪的话，可见他是喜欢得快要疯狂起来的样子，这就背过身子去，鼓着红红的粉腮子，表示十分生气的模样。志铮这就又急起来了，连声地赔罪道：

"是我错了，是我错了，我绝不再来打岔你，那么请你快些说下去吧！"

"我是说，假使我们互相都有爱情的话，那么你的父母是否答应我们两人结婚呢？"

"这个……他们当然是答应的！"

志铮觉得这问题倒是难有把握，不免沉吟了一会儿。但立刻又坚决的表情，鼓足了勇气，说道：

"就是他们不答应，我们为了伟大的爱，我们一同可以逃走！"

"你预备逃到什么地方去？"

"我们有脚有手，什么地方都去得，难道怕饿死不成？"

"但我是一个瞎子，我没有生存的能力，我不愿意逃走。"

丽霞摇了摇头，很坚决地拒绝他说。志铮急得像热锅上的蚂蚁一般，不免在室内团团地打转，抬头说道：

"你虽然没有能力生存，但是我可以负完全的责任来养活你。绝不会教你受一点儿痛苦！情愿我自己喝粥，给你吃饭。丽霞，我这么爱你，你难道还没有动一点儿爱怜之情吗？"

"我对于你这么一种痴情，我确实有些动心。不过，我觉得你太盲目，我又为你有些可惜。你不是正在大学里念书吗？假使为了儿女的爱，使你荒废了学业，我问你，你不是太不值得了吗？"

"可是，正当的爱情，绝不会荒废学业的。丽霞，我拿整个的生命、整个的灵魂来爱你，你难道还不肯来接受吗？”

“不！不！不！我实在不敢接受！”

志铮听她说来说去，到结果还是不肯有爱自己的表示。一时在无可奈何之下，他便向丽霞跪了下来，说道：

“丽霞，你看我已经向你跪下了，难道还不相信我的诚意吗？”

“不！不！我不能！”

“不能？你为什么不能？你再说不能，你简直是在要我的命！”

志铮的神经有些失了常似的，他把两手抱住了丽霞的膝踝，两眼里已淌下眼泪来了。丽霞又急又羞，口吃着说道：

“哦！你快放手吧！这算什么样子？你……把我急坏了。”

“你也给我急坏了，丽霞，请你答应我，答应我！”

“你叫我答应什么，我简直被你弄得糊涂起来了！”

“你答应爱我呀！哦！丽霞，你再不答应，我要哭了！”

“可是，我不能爱你，请你原谅我。”

“你到底为什么不能爱我？你也给我说一个理由出来呀！”

“我……说不出，我……说不出，你……放了我吧！回头叫沈妈看见了，那叫我怎么好意思呢？”

丽霞涨红了粉脸，她一面急急地说，一面伸手推着志铮，她几乎也要哭出来的样子。但志铮怎么肯放松她，还是追问说道：

“你不说，我不放你，你为什么说不出来呢？”

“我不愿意说……我不愿意说！”

“你不愿意说，你也得说！你说，你说，你说吧！”

"啊呀！你……疯了吗?"

"是的，我疯了！我爱你爱得疯了！哦！丽霞，我情愿为你死了吧！"

志铮睁大了眼睛，他仰了脸，望着丽霞焦急的粉脸，他终于默默地流下眼泪来了。丽霞听他为了自己说死，她是痛苦极了，遂也说道：

"那么我说了，你就放了我吧！"

"当然放你，你说吧！"

"好！那么我说……我……已经爱上别人了！"

"啊！你……你……爱上谁?"

这消息好像晴天中起了一声霹雳，把志铮那颗心震惊得粉碎了。他两手一松，身子就跌倒在丽霞的脚旁。丽霞想去扶他，但她因为瞧不清楚，身子向前一扑，便也倒了下去，齐巧跌在志铮的怀抱里。不料正在这个时候，忽然门外走进一个人来，正是士成。士成见两人倒在地上，搂抱一处，心中这一愤怒，不由暴跳如雷地大喝起来了。

《盲目之爱》写到这里，因急于付印，就此搁笔，欲知后事如何，且看《情天血泪》，便知分晓。

情 天 血 泪

第一回

教子有方孰料别具怀抱

虽然是初秋的季节，但暑气还未全消，寒暑表老是溜达在七八十度之间不愿意降下来。韩士成的太太为了养育四个孩子，一天到晚忙忙碌碌，虽然家中还有一个赵妈帮着她料理家务，但单拿孩子们一年四季的穿衣而言，确实也使她够忙的了。因为韩太太是个精明而能干的主妇，并且又是很节俭的个性。比方小孩子身上的衣服，她都不肯给裁衣匠去制，情愿自己好好坏坏的缝成了，这样确实可以省却许多的开销。今天是她大儿子志铮从莫干山回来的日子，早晨给他洗干的衬衫，赵妈因为忙着别的事情，所以只好又是韩太太亲自来动手了。

烫衣服也是一件很费力的事情，再说韩太太生就是个急性的人，所以此刻拿了电熨斗，一面烫衣服，一面额角上的汗水会像珍珠般地冒出来。正在这时候，韩士成从外面匆匆地回来了。韩太太见了丈夫，便告诉他说道：

"志铮今天早晨十一时回家来了，你刚出去，他还带了许多东西来给你吃哩！"

87

"照算也该回家来了，各学校快要开课哩！"

韩士成点点头，一面脱下草帽，一面回答。他似乎感到口渴，叫了两声赵妈。韩太太回头望了他一眼，问道：

"你叫赵妈有什么事情吗？"

"我要倒杯开水喝，怎么老是不见她的人呢？"

"得啦得啦！我看你也别摆什么大老爷的架子了！赵妈自有赵妈的工作，厨房里哪一件事情不要她动手呢？瞧瞧我吧！一天到晚，也在你家做娘姨哩！你要喝茶，就自己动手倒一杯也不要紧，偏要呼五喝六的。假使你要有人来侍候你，我瞧你明天多雇几个老妈子，多买几个小丫头，那么我也不用再干目前这种工作了，也让我舒舒服服做一个太太了！"

韩士成想不到自己说了一句话，倒又听了太太唠唠叨叨一大篇的怨言。一时望着她，也有些光火。不过瞧了她满额的汗水，立刻又忍气吞声地赔了笑脸，说道：

"太太，我也不过这么随口说一声，你又发脾气了。其实你一天到晚真也太辛苦了，我想你应该休息休息吧！"

"休息？我休息了，这些事情谁做呀？"

"晚上给赵妈做好了，反正赵妈晚上是没有什么事情的。"

"哼！你说这些话，亏你还是一个主耶稣的信徒，连这些同情心都没有吗？人家做仆妇的也是十月怀胎养下来，一个人不是机器，白天里忙得要命，晚上还不让人家休息休息，你良心上说得过去吗？"

"是，是，太太的话是挺有道理的，我这人太糊涂，就没有想到这么许多。"

韩太太的话总是那么理直气壮的，士成虽然是个教授，平常在别人家面前，口才也不算坏。但在韩太太的跟前，老是弄得哑口无言，有话说不出来，因此只好连连称是，一面还拧了一把手巾，拿给太太拭额角上的汗水。韩太太对于他这个举动，倒似乎出于意料之外，一时不由得笑起来，说道：

"真难为了你，大老爷使唤不着人，倒反而服侍别人起来了，那我可太不敢当了。"

"哪里哪里！太太为了我这一份家庭，实在是够辛苦了，就拧一把手巾给你揩揩，这也是我应该的事情。你这么客气，倒叫我不好意思。"

韩太太对他说的话，其实是包含了讥讽的成分。但士成这人倒也相当老实，还以为这是夫妻间的相敬如宾，因此含了笑容，低低回答。韩太太把手巾在额角上抹了汗水，然后在桌子上一掼，也不再回答他什么话，仍旧低了头儿，继续她烫衣服的工作。士成于是自己倒了一杯开水，坐在沙发上，一口一口地呷着。

四周是那么静悄悄的，一些声息也没有。士成心中觉得非常沉闷，他想这个家庭简直一些乐趣都没有。一天到晚，除了吃饭睡眠之外，别的就没有什么意思了。和太太说话，要么不开口，开了口总会归到吵嘴的结局。你想，我这生活不是太枯燥乏味了吗？正在呆呆地思忖，忽然一阵哭吵的响声，触送到耳鼓。那分明是志钧和志群在相骂了，士成更会觉得十分的烦恼。韩太太回头说道：

"你听，你听，你这几位小爷小姐又在吵嘴了，我干了家务好，还是给他们做和事佬好？你还不快出去喝阻他们！"

"这两个孩子真是太讨厌了！"

韩士成听了太太的吩咐，又不得不站起身子来，一面恨恨地说，一面走到室门口旁边去。刚把门儿拉开，只听一阵砰砰的脚步声，见七岁儿子志钧一面哭，一面奔，他也没有看见前面的爸爸，只管朝前冲，一头撞在士成身上，志钧站脚不住，便仰天跌了一跤。这当然是因为跌痛了的缘故，所以就益发大哭起来了。士成连忙把他扶起，拉进室内来，说道：

"谁叫你奔得这样快的？为什么又吵吵闹闹起来了？"

"爸爸，姊姊打我！"

"爸爸，你听他胡说八道，我没有打他，是他自己把妹妹弄哭的。"

志钧边哭边拭眼泪地说，但后面的志群，却抱了小妹妹也气呼呼地从后面跟进来，急急地辩白。士成听了，望望两人，倒说不出什么话来，但他们姊弟两人却你一句我一句地吵个不停。韩太太大喝一声，说道：

"你们这两个小鬼越发没有规矩了，还敢在我面前瞎吵吗？谁敢再开一声口，我用熨斗马上烫烂他的嘴，倒试试我的手段看。"

韩太太一面说，一面把电熨斗向他们举了举装手势。这办法果然相当有效，志钧、志群就默不作声了。士成见了笑道：

"你们这班孩子就生成是个贱骨，只配用厉害的手段对付你们，你们才会感到服帖，否则，我要如好言相劝的话，你们就不肯罢休哩！"

"哼！亏你还说这些话，我瞧你有什么资格做爸爸呢？见了孩子们吵闹，连教训几句都不会，还朝着他们呆呆地望着，怎么？是不是你见了他们吵闹觉得很好玩呢？真正是叫人生气。"

"你们听听吧！因为你们吵呀闹呀，害我都被数落，真是算我倒霉。哎！哎！你哥哥不是从莫干山回来了吗？他到什么地方去了呢？"

"哥哥下午洗了浴，穿了笔挺西服，不知到什么地方去了。"

士成委屈地说到后面，忽然想到了志铮，便又向孩子们问着。志钧噘了小嘴儿，低低地回答。士成皱了眉尖，沉吟了一会儿，有些生气的口吻，说道：

"这孩子也太不成话了，一回家就东跑西走的，我非教训他不可。"

"志铮瞧一个同学去的，原预备约他一块儿动身上南京去读书的，这是正经的事情，你倒要教训他了。我瞧你这人呀！好教训的不教训，不用教训的偏说教训，俗语说，'无清头，苦到头'，我说你这个人也不知道在学校里是怎么教导学生的呢。"

韩太太听丈夫要教训大儿子，她先表示反对。因为她生平最爱的就是志铮，况且志铮年纪这么大了，再过两年，大学毕业，就可以帮助家庭生产了。那么多一个人赚钱，生活总可以舒服一些。所以冷笑了一声，又唠唠叨叨地骂起士成来。士成坐在沙发上，纳闷了一会儿，心中却在暗暗地思忖：志钧说哥哥穿了笔挺西服出外的，为什么要打扮得这么漂亮，莫非又是去瞧丽霞的吗？想到这里，他坐在沙发上立刻感到局促不安起来了。忽然灵机一动，他猛地站起身子来，拿了草帽，故作"呀"了一声，

说道：

"我这人真糊涂，竟把一件要紧事情忘记了。太太，我还要出去一次。"

"你又要到什么地方去呢？"

士成身子已经走到室门口了，但听了太太这样问，却又不得不回过身子来，转了转眼睛，圆了一个谎，说道：

"一个朋友托我谋一个职位……我……非去办妥了不可，我……马上就去……"

士成吃吃地说道，他恐怕太太再叫住他，遂不等韩太太回答，就急匆匆奔出去了。韩太太叹了一口气，她觉得士成近月来的神情真有些变了。

士成出了家门，立刻坐了车子，到了林瑞贞的家里。万不料一脚跨进会客室，就给他发现一幕使他感到刺激的情形。原来志铮正跪在丽霞的身旁苦苦地求婚，因为听到丽霞说出她已经另有爱人所以不能答应婚事的话，这消息在志铮心中是感到多么震惊，所以当时"啊呀"了一声，便跌到地上去了。丽霞是个双目失明的姑娘，她想去扶他，然而却摸了一个空，因此连她自己的身子也伏到志铮的怀抱里去了。就在这当儿，士成走进了会客室。他见到两人搂抱一处，跌在地上，一时还以为志铮在调戏丽霞，心中一阵妒恨，所以忍不住气得暴跳如雷起来，大喝道：

"志铮，你……这是什么意思？你……枉为是个大学生，你难道廉耻两字都忘记了吗？你怎么能够对丽霞有如此无礼的举动呢？"

士成一连串地说了四个你字，也可见他心中是气急到怎样的程度了。丽霞一听士成的声音，心中又急又怕，又惊又羞，想要爬起来，但越是着急，越是爬不起来。士成慌忙走到他们身旁，把丽霞扶起，给她坐下，说道：

"丽霞，你……跌痛了哪里没有？"

"没有跌痛，韩……先生，你……你……刚来吗？"

丽霞坐在沙发上，有些气喘喘的成分，说话的声音是分外颤抖。这时志铮也站起身子，满面显出万分不安的红晕，大有不知怎么才好的神气。士成凶恶的目光，恨恨地落到志铮的面上，意欲对他大声地责骂，但是在丽霞的面前，有许多的话不好意思说出来，遂只好向丽霞先低低地回答道：

"是的，我刚来，你到房间里去休息一会儿吧！怎么喘得很厉害的？"

"那么你……坐一会儿……"

丽霞恐怕刚才志铮向自己求婚的事也被士成瞧到了，所以她那颗芳心是像小鹿般地乱撞着。此刻听士成这样劝告自己，遂也很愿意离开这个尴尬的环境，至少可以避免自己的局促，遂点点头，慢慢地摸索着走到卧房内去了。士成方才瞪着眼睛，向志铮严肃地说道：

"志铮，这是林小姐的府上，你怎么干出这样下流的行为来呢？万一被林小姐知道传扬到外面，那你的名誉固然扫地，就是我做爸爸的，也还有什么脸做人了吗？"

"爸爸，孩儿没有做什么不正当的行为呀！"

志铮又急又羞的表情，慌慌张张地辩白。士成冷笑了一声，在沙发上坐下，问道：

"你抱住了丽霞，倒在地上，这明明是你欲强行非礼，还能抵赖说没有干不正当的行为吗？"

"不！不！爸爸，你不要冤枉我……"

"是我亲眼见到的事实，你还说冤枉吗？那么你是在干些什么？"

"我……我……是向她求婚。"

"求婚？"

"是的，因为我爱她，我从南京放暑假回来的时候，一见了她，心中就深深地爱上了她，爸爸，你……老人家就成全了我吧！"

志铮在无可奈何的情形之下，没有办法，红了脸儿，包含了哀求的成分，向他父亲老实地诉说。士成听到求婚两字，颇为刺心，遂又站起身子，说道：

"不过你还在求学时代，对于学业应该努力才好，怎么却又分心到恋爱上头去了呢？要知道我辛辛苦苦赚来的钱，给你栽培到大学去读书，这可不是一件容易的事情呀！"

"爸爸，正当的恋爱，是绝不会损害学业的。我爱她，但是我仍旧也爱我的学业，我绝不会因爱她而荒废我的功课；那你只管放心吧！"

士成听儿子这样说，觉得他迷恋丽霞的心，竟比自己还痴到十分。这就反剪双手，在室内团团地踱着圈子。志铮见父亲若有考虑的样子，于是又再三地说道：

"爸爸，怎么啦？你……为什么要反对我跟丽霞谈爱情呢？我在莫干山写给她十多封信，你都给我没收了，这……我真弄不懂爸爸到底是什么意思。"

"什么？你如何晓得的？"

"丽霞告诉我的，我问她为什么不写回信，她说爸爸不许她写。"

士成在吃了一惊之后，脸上慌张的表情方又慢慢地平静下来。皱了眉尖，沉吟了一会儿，他又说出一篇大道理来：

"我的意思，完全是为你们两人前途而着想的。你是一个学生，此刻是正当努力奋发学业的时候。虽说正当的恋爱也无伤大雅，然而到底分了求学的心。比方说，你在莫干山上，少写一封无关紧要的信，那么你就可以多一刻时间温习功课，这对于你的前途不是太有出入了吗？至于丽霞一方面，你该知道她是个双目失明的姑娘，全亏林小姐的爱护，给她专心地学习歌舞，使她将来有个自立的能力。你现在老是缠绕在她的身边，使她没有心思学习歌舞，我觉得你这种行为，不但要毁灭你自己的前程，而且还要害了丽霞的前途，那你爱她，还不是变成害了她吗？我为了你们终身幸福计，绝不能让你们时常地通信，或在一块谈情说爱。况且……况且开课的日子快近了，你……不是马上就要动身到南京去了吗？"

士成说的话是那么冠冕堂皇的，志铮听了，一时也难以辩说。呆了一会儿，方才又说了一声不过，但士成不等他再往下说，就走上去拍拍他的肩胛，故意温和地说道：

"孩子，你是一个聪敏的人，你应该知道做父母的人，是绝不会不顾到你们子女们的幸福。我完全为你们的好，你要听从我的话。等你大学毕业之后，我就答应你再跟任何一个女子谈爱情了。"

"爸爸，你的话固然说得对，但是你能不能允许我先跟丽霞订一个婚呢?"

士成听他说来说去，还是要和丽霞结成一对，心中十分恼怒，瞪着眼睛，说道:

"你这个孩子为什么这样不肯听从父亲的话? 我觉得你太不孝顺了，我白白地花费了二十年的心血，真是太失望了!"

"爸爸，并非我不孝顺，因为爱情在一个已达法定年龄的青年是应该有自主的自由，爸爸一定要管束我，我的内心太痛苦了。在这个民主的时代，爸爸似乎……"

"什么? 什么? 你……们只知道民主、民主，难道民主之后，就可以把父母都打倒了吗? 我问你，你是谁抚养成人的? 你是吃谁的饭? 你是读谁赚钱买来的书? 你说，你说，你简直在放屁!"

志铮见爸爸不等自己说完，就恶狠狠地一步一步逼近过来，好像要把自己吞吃的样子，这就害怕得一步一步倒退下来，低下头，不敢再作声了。士成于是把手向门外一指，喝道:

"你给我快快地回去! 怎么，还不走吗?"

志铮在士成再三催逼之下，只好恨恨地把脚一顿，匆匆地奔到外面去了。士成似乎拔去了一根眼中钉，忍不住深深地叹了一口气。就在这个时候，丽霞却又从房间里摸索出来了。士成连忙迎上去，温和地说道:

"丽霞，你……怎么又出来了呢? 不多休息一会儿吗?"

"我……听见你们吵闹的声音，所以出来劝劝你们。怎么，小韩先生走了吗?"

丽霞低低地说，她的话声还有些儿微颤。士成扶她到长沙发上坐下，自己就坐在她的身旁，毫不介意地说道：

"嗯！他走了，丽霞，他刚才跟你说些什么话呢？"

"没有说什么，他好像跟我在开玩笑。"

"开玩笑？他跟你开什么玩笑？你们抱在一起，倒在地上，这又是怎么一回事情呢？你能老实告诉我吗？"

士成这两句话，问得丽霞的粉颊像海棠花般地娇艳起来，赧然地支吾了一会儿，方才低低地说道：

"因为他向我求婚，我没有答应，他就跪下去，我想伸手去阻挡他，谁知一个不小心，我就跌倒在他的身上了。"

"哦！那么你为何不答应他？是你不爱他吗？"

士成听她说没有答应，一时心中十二分的安慰，遂含了笑容，又低低地问。丽霞迟疑了一会儿，方才说道：

"我是一个双目失明的女孩子，我的心里只知道感激两个字，我实在还不知道爱是什么。韩先生，什么叫作爱呢？"

"爱是从心眼儿上发出来的，不过爱的范围也很广，同性的爱是近于友爱，至于男女的爱，就会变成将来的夫妻了。但爱是伟大的，外表虚浮的爱是靠不住的。比方帮助人家，使一个苦恼的人，变成一个快乐的人；使一个无家可归的人有了安定的生活，这些全都是真爱的表现，是一种最崇高的有同情心的爱。丽霞，我这些话，你懂得吗？"

士成非常自私地用了这一番言语去感化她，但丽霞听了，果然是中了他的圈套。她频频地点头，很坚定地说道：

"韩先生，我懂得，我明白，爱是多么伟大呢！但一个瞎了眼的女孩子也可以爱吗？"

"为什么不可以？当然也可以爱。不过，我要叮嘱你，你对于爱的对象和目标千万不要弄错。假使弄错了，那么甜蜜的爱，就会变成最苦的毒药，使你终身痛苦，使你终身遗恨的。"

士成因为她是瞎眼，没有看见一切，所以大了胆子，拿这些话去欺骗她。丽霞有些吃惊的神色，怔怔地问道：

"真的吗？我想不到爱又会那么的可怕。"

"爱得正确，自然会造成人世间最美满的幸福。要糊糊涂涂地爱上了人，那就会铸成最悲惨痛苦的不幸了。"

"是吗？"

"嗯！我说的几时骗过你？丽霞，那么你到底爱志铮吗？"

"不！我……不……我不爱他！"

丽霞摇摇头，似乎害羞地回答。士成觉得这是自己计划成功的表现，乐得满面含了笑容，但还刁恶地问道：

"我不明白，你为什么不愿爱他呢？"

"咦！韩先生，这不是你自己说的吗？所以我不爱一个外表说得甜蜜的人，我要爱一个最伟大最有同情心最肯帮助痛苦者的慈悲的好人！"

"这个人是谁呢？"

"不就是你吗？"

丽霞偎着他的身子，扬着映日海棠似的粉脸，很得意地说。士成听了，心头的甜蜜，好像是涂过了一层糖衣。这就紧紧地握着她的纤手，不由笑出声音来，说道：

"我哪里配做这种好人呢？丽霞，你说得我太好了，我真惭愧！"

"韩先生，你不要这样说，你确确实实就是这一种好人，那我是很清楚很明白的。因为我是个孤苦无依的女孩子，可怜我妈死了，假使没有你给我搭救到上海来，那我此刻早已饿死在街上了，如何还有今天这么幸福的日子？"

"丽霞，你好好的不要伤心呀！"

"我并不是伤心，因为我想到了痛苦的事情，是感激过分了的缘故，才流起眼泪来了。"

士成见她沾了泪痕的粉颊，更觉分外妩媚可爱。这就情不自禁地拿手指去抹她颊上的泪水。正在这个当儿，忽然见志铮又匆匆地走进会客室来。士成慌忙站起身子，立刻认真地说道：

"什么？志铮，你又干什么来？"

"我没有走，我站在院子里想。"

志铮一本正经的态度，痴痴然地回答。士成听了，两颊马上也发红起来，心头更加跳跃得厉害，急急地怒叱道：

"那么你在门外偷听我们的谈话吗？我觉得你这行为太无赖了！"

"不，爸爸，我没有偷听。"

"还说没有偷听，那么你在干吗？"

"我呆呆地想了大半天，我觉得刚才我向丽霞求婚，她所以没有答应我，一定还没有十分地了解我。我今天一定还得向她详详细细地谈一谈不可。假使谈过了之后，她仍旧不肯爱我，那么我从此就死心塌地地不到这儿来，绝不再来麻烦她了！"

可怜志铮也太痴心了，他的心中在没有完全绝望之前，还希望最后有个转圜的余地。但听到士成的耳朵里，却气得全身发抖，喝道：

"志铮，你还要胡说八道吗？我瞧你真有些疯了，你还不快快给我滚出去！"

"爸爸你不用生气，这是我终身幸福最紧要的关头，请爸爸发发慈悲心，答应我跟她单独地谈几句话好不好？"

"放屁！我老实告诉你，她不爱你，你只管死了这条心吧！"

"她没有亲口对我说，我绝不能相信。"

"什么？你以为我做爸爸的骗你吗？你再不走回家去，我可要……"

士成这时心中对志铮好像已忘记了是父子的关系，完全是站在情敌的地位了。他一面说，一面气呼呼地赶上去，大有动手要打的样子。丽霞怕他们父子伤了感情，遂急急地说道：

"韩先生，你们不要吵了。"

"爸爸，你应该可怜我心中的痛苦。"

"什么痛苦不痛苦？你快回去，否则，我顾不得许多的要打你了！"

"韩先生，你不要打。"

"爸爸，你太残忍了，我……我……走！"

志铮见父亲真预备动手打自己，心中充满沉痛和悲愤，几乎要哭出声音来了。尤其见了丽霞惊慌的表情，急急地阻止父亲说不要打，可见她心中多少还有些庇护自己的意思。换句话说，她也许是爱我的。都是爸爸一个人从中在捣蛋，在反对，在拆开我们。志铮越想越气，越想越恨。虽然眼前没法跟丽霞说话，但是他觉得还有过不完的明天，总有机会再可以和丽霞倾吐衷情。他打定了主意之后，这就恨恨地把脚一顿，疯狂地奔出林瑞贞家里！

第二回

美色迷人爷儿神魂颠倒

丽霞这时靠在士成的身旁，她虽然看不见志铮是那么愤愤而悲痛地奔出去了。但她的听觉是很灵敏，一阵脚步噔噔地响远了之后，四周复归于沉寂，她知道志铮是不在室内了。也不知为什么缘故，丽霞心中总感到一阵说不出的凄凉。不管是瞎子是聋子，他的情感是不会泯灭的，何况丽霞又是一个善感的姑娘，所以她此刻心中也自有一种想法，她觉得志铮这个人虽然是那么粗鲁和丑恶，但是爱自己之情确实是很痴心的。现在他失望而去，想象他心中真不知是痛苦到怎样的程度呢。那么说起来，不是我害了他吗？丽霞这样想着，情不自禁地叹了一口气。士成眼望着儿子被逐后，此刻心里和别人相反，感到一阵胜利的快乐，手紧抱着丽霞的肩胛。丽霞低低地问道：

"我心里很奇怪，韩先生这么一个慈爱的人，他为什么反而说你残忍呢？"

"在他的立场上而言，我自然有些残忍，因为我不是叫他不要来爱你吗？不过照大体而说，我实在是慈爱的。你刚才听我说过吗？爱错了，不但得不到终身的幸福，而且还会铸成人间的悲剧。所以我为了你的终身着想，我不得不这样做。丽霞，你应该知道他是一个多么可怕的人，他假使爱上了你，你的一切的一切，可以说是什么都完了的！"

"韩先生，你太慈爱了，你太好了，我真不知拿什么来报答你才好啊。"

士成为了要和儿子角逐情场，不得不泯灭良心来说这几句动听的话。一个瞎了眼的姑娘，既然是看不见这世界上的一切，当然什么都信以为真，所以紧紧地握着士成的手，感激得几乎要流下眼泪来了。士成听她这样说，心里真有无限的甜蜜，遂低低地说道：

"你不要这样说，我是不希望你报答的。丽霞，我们到院子里去散一会儿步好吗？今天林小姐到哪儿去了？"

"林老师吗？她和秦先生一同瞧电影去了。"

丽霞一面点头，一面轻声地回答。士成于是扶着她身子，跨出会客室的门儿，来到小院子里。这时太阳已落下西山脚旁去了，凉风拂拂，天气没有像白昼那么火热。士成端了一张长藤椅子，放在那棵高大银杏树的下面，然后两人并肩坐下。望着丽霞的粉脸，白里透红，真是说不出的娇媚可爱，他几乎有些想入非非起来，遂低低问道：

"这儿比屋子里好得多吗？有树木，有花草，还有金鱼缸，空气真是新鲜哩！"

"是的，我觉得神清气爽，不像屋子里那么沉闷。韩先生，我在书本上也读到过金鱼，说是挺美丽的一种鱼类，不知道真的美丽吗？"

"真美丽，有红的，有金黄的，有红黑的，金鱼的眼睛真大。"

丽霞听到这里，心中又表示十分遗憾，微微地叹了一口气，似乎有些凄凉的口吻，说道：

"唉！这样美丽的鱼类，我竟没有福气能够看到，我想大自然的景物，比金鱼更美的一定还有很多很多，只可惜我今生是永远地看不见了！"

"丽霞，你不要难过，你虽然看不见，但是你的耳朵，一定可以听到大自然的音乐。"

"哦！真的吗？韩先生，你讲给我听听，大自然的音乐是什么呢？"

"你听见过黄莺的叫声吗？"

"那天林老师告诉过我，说这就是黄莺的叫声，叫得真好听。我想那只小黄莺一定是聪敏活泼，十分美丽，不知我猜想得对吗？"

"你猜得对极了，鸟儿本是世界上最活泼最美丽的动物。我告诉你，它身上长着丰满而光润的羽毛，两只翅膀虽然很小，但是只要张开来，飞洋过海，什么地方，它都能够去游玩。还有它的小嘴儿更灵活得十分，唱起歌来，真所谓珠圆玉润，余音袅袅，耐人寻味。所以黄莺儿真是一只人人心爱的小动物哩！"

士成这一番话，说得丽霞满面显出羡慕的样子，含了说不出好看的娇笑，扬着粉颊，向士成低低问道：

"韩先生，那我能不能做黄莺儿呢？"

"人儿怎么能做小鸟呢？傻孩子！你又说痴话了。其实世界上比黄莺更美丽的东西，也还有许多许多。单说树木上披了绿绿的衣服，在微风动荡中显出各样不同姿势的美态。还有那些百花，更是美丽极了。三月里有桃花，四月里有蔷薇花，红的、黄的、紫的，什么颜色都有，而且芬芳的香气，更是太可爱了！"

"花儿、鸟儿、鱼儿，都是那么可爱……唉！韩先生，除了鸟儿外，还有什么东西会飞的呢？"

丽霞自言自语地说着，忽然想到了什么似的，又向士成低低地问。士成正巧看到花丛中飞舞的那一双蝴蝶，就随口地说道：

"蝴蝶也会飞的。"

"那么蝴蝶会唱歌吗？"

"蝴蝶虽然不会唱歌，但是它的身子比鸟儿更美丽。丽霞，你住在林小姐家中快两个月了，你觉得还舒服吗？"

士成觉得也只有瞎子会问出这一种有趣的话来，他几乎要笑了，遂一面回答，一面把谈话的问题拉扯到别的地方去。丽霞点头说道：

"林老师待我真好，她说她没有兄弟姊妹，所以把我当作妹妹那么看待。还有林老师的表哥秦先生也真热心，他每天下午来，一教总是两三个钟点，并且他还说他从来没有这样高兴地教过人。"

"这一半是你的运气好，而一半也是因为你很聪敏的缘故，学得好，学得快，所以秦先生感到很有兴趣。"

"所以我住在林老师家中非常快乐，只不过有一件事情……"

丽霞说到这里，偎着他的身体，却顿了一顿，没有立刻地说下去。士成伸手摸着她的面颊，很关切地说道：

"是一件什么事情感到不满意呢？你只管老实地跟我说吧！"

"因为我不能天天跟你在一起了，我觉得很寂寞的样子。"

士成听她这样说，一时惊喜欲狂，猛地抱住了她的身子，脸上含了欣慰的微笑，急急地说道：

"你……你……真的少不了我吗？"

"是的，我觉得我的一切都是你赐给我的，我怎么能离得了你呢？"

"不过，你也别难受，我每天下午可以来瞧望你的，你欢喜吗？"

"欢喜，我太欢喜了！韩先生，可是你不能哄我！"

"我怎么会哄你？只要你喜欢，我一天之中来望你三四次也可以的。"

"啊！我真是太高兴了。韩先生，你待我真好，不过你也是有公务的人，我怎么能叫你一天之中跑上三四趟呢？所以我只要你每天来看望我一次，我已经是很满足的了。"

丽霞说完了这两句话，把整个身子全都倒向他的怀内去了，柔顺得仿佛是一只绵羊般的可爱。士成已经是个四十多岁的男子了，平日在太太身上可说得不到一些温柔的滋味。因为韩太太每夜要抱了小女儿阿英睡觉，而且脚后还睡了一个七岁儿子志钧，所以士成理想中的甜蜜和温柔都被儿女们剥夺去了。此刻对于丽霞那种柔媚的举动，如何不要使他受宠若惊、想入非非起来？他望着丽霞樱桃般的小嘴儿，几次三番想低下头去接她的吻。但想到她还是一个只有十七岁的小姑娘，因此他的良心总觉得有些忐忐，始终也鼓不起这个勇气。但丽霞掀着酒窝儿，却又很兴奋地说道：

"韩先生，我的眼睛虽然看不见世界上的一切，但我却觉得这个世界是太美丽了，太幸福了！"

"你真的这样想吗？"

"当然真的，我在这儿可以听到大自然中一切美丽而温和的声音，这声音是那么慈爱，在我的心灵里会得到无上的安慰，可惜我没有眼睛，要是我看得见这世界上的一切，那我不是更幸福了吗？"

"看得见世界上一切，虽然是幸福，但有眼睛的人，不一定懂得幸福的，恐怕……"

士成说到这里，顿了一顿，却不肯再说下去，他似乎有些感触，忍不住微微地叹了一口气。但丽霞却并没有注意到他的神情，还管自说下去：

"我想有眼睛的人，一定懂得幸福。比方说，林老师和秦先生瞧电影去了，这幸福岂是我没有眼睛的人所能享受得到的呢？不过，我也已经很知足，因为有林老师教我唱歌，秦先生教我钢琴，更有你那么热心地爱护我照顾我，那我不是已经很幸福了吗？韩先生，我还忘了告诉你一个欢喜的消息哩！"

"是什么消息呀？"

"林老师和秦先生说，我已经有登台表演的资格了。"

"真的吗？想不到你进步得那么快！总算我也很安慰了！"

"秦先生说，再过两天，八仙桥青年会开盲哑学校募捐大会，要我去客串表演，我真有些担心哩！"

"你担心什么呢?"

"我担心表演得不好,那不是很丢脸吗?"

"不会,不会,凭你那么可爱的脸儿、甜蜜的嗓子,怎么会表演得不好呢? 我猜你一定会成功的。"

"假使我成功了,我一定向你叩头。"

丽霞把手挽着士成的脖子,很真挚地说。士成的心头被她撩拨得真有些受不住,他几乎连呼吸都有些局促起来了,但还竭力镇静着问道:

"为什么向我叩头?"

"因为你是我的恩人,而且也是我的爱人。"

"啊!"

士成听到"爱人"两字,全身一阵子燥热,两颊便火炭一般地发红起来,而且情不自禁"啊"的一声叫起来。丽霞有些怀疑他这一声惊叫,遂急急问道:

"韩先生,为什么你这样吃惊地叫起来?"

"哦! 哦! 没有什么,没有什么⋯⋯"

"我刚才不是问过你,你说瞎子一样地可以爱人的呀! 那么我现在问你,我能不能爱你呢?"

"⋯⋯"

"为什么不回答我? 韩先生,难道你不愿意我爱你吗?"

士成因为喜欢过了度,但同时也有些害怕。不过为什么要害怕,连他自己也说不出一个所以然来。他涨红了两颊,呆呆地默不作声。丽霞见他不说话,遂搂了他的颈项,把自己的脸儿贴到他的颊儿上去了,表示她内心爱他的程度是已经很深厚的意思。

士成有些颤抖的口吻，低低地说道：

"你为什么要爱我呢？"

"我爱你热心，我爱你仁爱，我爱你慈悲，我爱你侠义。我觉得世界上的人，你是最美最好最伟大最神圣的一个。你想，这还不值得爱你吗？"

丽霞这几句赞颂他的话，在士成耳中听来，却觉得好像是一枚一枚的利箭，把自己那颗心刺痛得鲜血直流了。他满面羞惭地愕住，眼眶子里已贮满了晶莹莹的眼泪。

但丽霞似乎感到失望的悲哀，把抱住他头颈项的手慢慢地放了下来，凄凉地说道：

"韩先生，你哄我，我明白，我知道了，一个瞎了眼睛的人，他一定是不够资格爱人的。"

"不！我并没有那么说。"

"但是，你干吗不回答我？"

"因为……因为我在想。"

"你想些什么？难道我爱了你，使你会不幸福？使你会痛苦吗？"

"这是绝对没有这样的事，对我当然是很幸福，不但没有痛苦，而且还觉得十分甜蜜。不过，你是一个小孩子，你还年轻，你大概还不大懂得，所以我有些怕。"

"你怕？你怕什么？年轻人就不准爱吗？其实我也不能算是一个小孩子，我不管懂不懂，我只知道爱你，我心眼儿上只有你一个人。我也不管你爱我不爱我，不过我总是永远地爱着你。好在我是一个残废的人，我不会对你有十分妨害的。"

丽霞一面说，一面却扑簌簌地落下眼泪来了。士成这时被女色已经迷住了心，他什么都忘记了，于是猛地抱住了她，说道：

"你千万别伤心，我一定也深深地爱上你。"

"啊！真的吗？"

"真的，我爱你，我把你当作我最心爱的人一般看待。除了你，我把自己性命都看得并不十分重要了。"

"韩先生，我太感激你了。啊！你怎么在流泪呢？"

丽霞感动地回答，她把脸儿紧贴着士成的颊儿，忽然感觉到有些润湿，于是惊叫起来问他。士成连忙说道：

"我没有流泪，这是你刚才流下的泪水。丽霞，我们谈别的吧！再过两天青年会的表演，你可曾预备起来呢？"

"今天晚上，林老师和秦先生会教我的。他们说我很聪敏，那是用不着担心的事。怎么此刻的风吹在身上有些凉飕飕的，大概时候不早了吧？"

"嗯！天色快黑下来了，我们进去吧。秋天的季节，夜风吹着是容易受凉的。"

士成听丽霞这样说，遂摸摸她粉嫩的玉臂，果然觉得很有凉意，于是一面扶她起身，一面低低地回答。不料正在这时，林瑞贞和秦天鸣匆匆地回家来了，瑞贞的手里，还拿了一只时装公司的纸盒箱，她先含笑说道：

"韩先生，你什么时候来的？"

"我来了好一会儿了，和丽霞在院子里闲谈了一会儿。秦先生，你预备叫丽霞到青年会去客串表演吗？"

"是的，你瞧，我们给丽霞表演的新衣服也定制来了呢！"

林瑞贞不等天鸣说话，便先抢着回答。大家走进会客室，丽霞似乎很高兴的神情，满面含笑地说道：

"林老师，我的新衣服做得漂亮吗？"

"漂亮，当然漂亮的。我马上给你穿起来，让大家瞧瞧合身不合身。"

"我来开电灯，在灯光之下瞧起来，那一定是更加鲜艳夺目，万分的美丽了！"

秦天鸣也插嘴笑着说，一面开了室中的电灯。这时士成没有说什么话，他咧开了嘴，脸上的笑容是没有平复过，两眼只管望着瑞贞在给丽霞换穿新衣服。他好像十分安慰的样子，因为他已知道丽霞是完全属于自己的了。丽霞穿上新衣服之后，扬着脸儿，叫道：

"韩先生，你看呀！我穿着好不好啊？"

"好！好！太好了！不但合身，而且式样也美丽极了。你穿了新衣服，真好像凌波仙子一样了。"

士成方才走到她的身旁，竭力地称赞着。丽霞听了，乐得手舞足蹈，忍不住娇媚地笑出声音来了。天鸣对士成说道：

"韩先生，后天下午，青年会开盲哑学校募捐大会，我给丽霞去客串一下，你可要到场来照顾的呢！"

"那当然，我一定到的，秦先生，丽霞假使一举而成名的话，那我不知要怎么地谢谢你呢。"

"哪儿话，哪儿话？培植一个有天才的女孩子，那是我们干艺术的应有的责任，所以你千万不用客气的。"

大家说了一会儿话，沈妈开上晚饭，于是坐下一同吃饭。饭后，士成恐怕家中太太记挂，遂欲告别回家。瑞贞说道：

"时候早哩！回头我们要教丽霞去青年会表演的节目，你也可以在旁边指点指点，参加一点儿意见呢！"

"韩先生，你难道不答应吗？"

士成被丽霞这样嗲声地一央求，到底又打消了回家去的主意，于是含笑答应，又坐了下来。这天晚上，士成直到十点钟敲过，方才回去。不料一脚走进自己家中的会客室，却见韩太太一个人偷偷地在落眼泪。当她见到士成的时候，忽然似狼如虎地猛然站起身子，指手画脚地却向士成大骂起来了。

第三回

情场失意醉态迷离堪怜

  志铮无限悲痛怨愤地奔出了林瑞贞的家门，眼望着落日西沉，倦鸟归巢，心中若有所失，只觉茫茫无所皈依，因此眼泪像雨点儿一般地滚落下来。唉！情场失意，痛苦之情，尚有何甚于此也？他匆匆地跳上了一辆人力车，叫车夫拉到舞厅里去找刺激了。在舞厅里他喝了两瓶啤酒，脸儿像火炭一般地通红，脑海里的思绪，更加像潮水似的涌上来，他觉得丽霞实在太美了，自己对她简直不能一刻忘怀。可怜我在莫干山上避暑的时候，不管读书，不管游山玩水，不管吃饭睡觉，心中就会想起她。假使有丽霞伴在我身边，一同读一同游，这是多么幸福和快乐呢！我想丽霞虽然是个瞎了眼睛的姑娘，但是我知道她的心里一定也十分多情，假使她明白我是一个年轻而漂亮的男子，那么她一定也会爱上我，所以我要和她好好地表白一下，这是多么的需要呢！但爸爸却不许我再和她有谈话的余地。爸爸这种行为，他到底是存的什么意思呢？难道他愿意自己儿子过着失恋痛苦的生活吗？倘然果是如此的话，他还能算是我的爸爸

113

吗？他根本是我的仇人一样了。志铮想到这里，握紧了拳头，在桌子上狠狠地一击，大有咬牙切齿、痛愤入骨的样子。正在这时候，音乐台上有人在用麦克风报告，说请朱丽霞小姐唱《疯狂世界》。志铮听了"丽霞"两字，眼珠立刻睁大了两倍，暗想：原来这儿也有一个丽霞吗？难道就是她？一面想，一面已见一个十七八岁的妙龄女郎，亭亭玉立地站到麦克风面前去了。这个女郎的容貌，虽不及张丽霞那么娇媚艳丽，但因为多了一双亮晶晶闪烁似星星的眼睛，所以她灵活的表情，却比张丽霞更觉美丽一点儿。一时心头倒又痴想起来，爸爸既然阻拦我和张丽霞谈恋爱，那么我就和这位朱丽霞小姐谈谈爱情吧！难道爸爸还有能力来阻拦我吗？假使他再阻拦我，那我一定要和他拼性命不可了。虽然我要跟朱丽霞谈爱情，不过我心中仍旧爱的是张丽霞，我所以移爱到朱丽霞身上，也无非是慰情聊胜于无的意思而已。丽霞啊！你若知道我一片痴心，你应该原谅我的苦衷才好啊！

志铮管自痴痴癫癫地想着，但这位朱小姐早已一曲歌罢，倩影不知何处而去。志铮心中这才感到非常着急，东顾西盼，但偌大一个舞场，几许粉白黛绿，钗光鬓影，一时哪里找寻得到？他见旁边站有一个仆欧，这就灵机一动，拉了拉他衣袖，低低问道：

"刚才那个唱歌的女子是不是这儿做舞女的呀？"

"是的，她是本厅的红舞星，朱丽霞小姐。"

"请问她是坐在哪一排位子上的？"

"哦！她不坐位子的，因为她一到舞厅，就有许多舞客叫她坐台子，所以她根本用不着坐位子的，坐位子的人都是普通舞女哩！怎么？先生要不要叫朱小姐坐台子呢？"

那个仆欧向他絮絮地说着，说到后面，还向他殷勤地问。志铮因为自己袋内钞票并不多，听了"红舞女"三个字，心头先浇了一盆冷水，只好支支吾吾地说道：

"慢些再说，反正此刻她也有人叫她坐着台子哩！"

志铮口里回答，心中却又开始痛苦起来，暗想：和张丽霞谈恋爱是用不到钞票的，但和朱丽霞谈爱情，就得拿钞票做开路先锋了。可见同样的爱情，却有两样的分别了。那么照此看来，叫我心中又怎么能忘得了张丽霞呢？志铮想到这里，忍不住脱口叫道：

"丽霞，我爱你，我生生死死都爱上你！"

"先生，你既然爱丽霞小姐，那么你就应该叫她坐台子呀！口里说说又有什么用处呢？难道她会听见不成？"

志铮自言自语的话，却被旁边那个仆欧又听见了，于是他微微地一笑，向志铮说出了两句话。志铮听他话中多少包含了一些讥笑的成分，心中这一气愤，立刻板起了面孔，说道：

"好！你就去叫她来坐台子吧！"

"是，我马上去叫她。"

仆欧笑嘻嘻地一点头，管自走开了，其实志铮刚才说的，根本不是朱丽霞，无非是仆欧误会了他。不过志铮为什么不向他辩白呢？这当然是他年少气盛的缘故。此刻待仆欧走后，他慌忙在袋内摸出皮匣子来，检视了一下钞票，觉得应付今天这一只台子，大概还不至于脱底，于是心中方才落了一块大石，胆子大了不少。就在这时，那个仆欧领了这位朱丽霞小姐走过来了。志铮摆摆手，是请她坐下的意思。丽霞含笑一点头，就在志铮身旁坐下。志铮在她坐下的时候，鼻子里先闻到一阵香粉的芬芳，使他已醉的神情，不免更加迷糊起来了。这时听仆欧向他问喝什么茶，丽霞回说淡茶，仆欧便管自下去。志铮有些似醉似痴的样子，望着她呆呆地出神。朱丽霞笑盈盈地逗给他一个媚眼，低低地说道：

"先生，你贵姓？"

"我姓韩，朱小姐的芳名叫丽霞吗？这两个字是怎么样的写法呢？"

"美丽的丽，云霞的霞，韩先生，你莫非认识我吗？"

"有些面熟，但是却认不得，不过你的芳名，却和我一个朋友完全相同的，我觉得真是巧极了！"

志铮一面说，一面还是目不转睛地望着她出神。丽霞见他两颊通红，显然是喝过了酒。因为他言语有些痴头怪脑的成分，所以肯定他至少有五六分醉意了，觉得要想拿男人家的钞票，这就是一个最好的机会。所以她把椅子移近了一些，纤手按到志铮肩胛上去，娇媚地说道：

"真的吗？天下哪有这样凑巧的事情？你一定哄骗我，嗯，我不依你，韩先生真是个不老实的人哩！"

"不！不！我没有骗你，我说的都是老实话，真的。我那个朋友确实也叫丽霞呀！"丽霞施展柔媚的手腕，把粉脸几乎要贴到志铮的颊上去了。志铮不免有些神魂飘飞起来，但还是竭力地镇静着，一本正经地辩白着说。丽霞紧紧地握着志铮的手，笑盈

116

盈地说道：

"我相信你了，但我要问你，你的女朋友生得美丽吗？和我比较起来，谁生得漂亮呢？"

"这个……让我细细地再打量打量吧！"

"好！我就给你看一个够吧！"

志铮一面说，一面呆呆地望着她又故意出了一会子神。丽霞把脸直凑到志铮的面前，表情显得分外娇媚可爱。志铮只觉得她幽香触鼻，瞧了她樱桃般的小嘴，真有些想入非非起来了，笑道：

"我那个女朋友也算生得美丽了，可是哪里及得你万分之一呢？我觉得你的美丽，真个是像天上的安琪儿一样哩！"

"嘻嘻！想不到你迷汤功夫比我还要好！算了吧，笑话少说，我们还是谈谈正经的，韩先生在什么地方得意啊？"

在朱丽霞心中，还只道志铮是故意调笑自己的游词，所以并不相信他真的会有个名叫丽霞的女朋友，却又显出一本正经的样子，向他低低地问。志铮摇摇头，说道：

"我还在大学里读书，没有做什么生意。"

"原来是个大学生，失敬失敬，那么你爸爸是干哪一行贵业的呀？"

志铮听她这样问，心中不由得暗想：奇怪了，她问这些做什么呢？一时望着她沉吟了一会儿，忽然想起来了，遂故意圆了一个谎，说道：

"我爸爸是银行里的董事长，而且我爸爸又开设了一爿五金字号。所以我的环境，倒并不算坏。"

"啊呀！原来是这样。韩先生，我们跳舞去吧！"

果然，丽霞在听到了这些话之后，笑靥更媚人了，伸手拉了志铮，亲亲热热地走到舞池里去。在舞池里，丽霞大展手腕，把光滑滑的面孔贴着志铮的脸，自己那两个高耸的乳峰，也只管在志铮胸部故意不停摩擦。同时樱口里笑盈盈地问道：

"韩先生，你一共有几个兄弟姊妹呀？"

"我只有一个人，爸爸就养我这么一个独生儿子。"

"那么你一定结过婚了吧？"

"没有，我还在求学时代，哪里就娶妻子了？"

"我想你一定有意中人了，对吗？"

"是的，我确实有一个心爱的女朋友。"

"她叫什么名字啊？"

"她的名字叫丽霞。"

朱丽霞听他这样说，还以为他是指点自己而言的，这就乐得眉飞色舞，嗯了一声，顾不了舞池里还有别的人，竟把小嘴儿自动地凑到志铮口旁去了。酒后的志铮，怎么还压得住心头热情的爆发，因此把丽霞的小嘴吻了一个痛快。良久之后，丽霞才推开了他，低低地说道：

"像我这么一个做舞女的人，配得上做你的女朋友吗？"

"嗯，嗯……"

志铮有些糊里糊涂地嗯嗯地响了两声，却没有回答什么话，就在这时，音乐停止，两人便携手回座。刚刚坐下，另一个仆欧却来请丽霞转台子了，丽霞一面答应，一面向志铮说道：

"真讨厌，我们才跳了一支舞，却有人来叫我转台子了。我想不过去，但是怕得罪了客人，那可怎么办？唉！做舞女真苦恼哩！"

"没有关系，你过去嘛！"

"可是丢下你一个人冷清清的，我心中怎么说得过去？韩先生，假使有一天能够嫁你做妻子，那我就可以永远地陪着你了。"

"也许有这么一天吧！"

"那么，我们再去跳一次舞吧！达令！"

朱丽霞的应酬功夫真是太好了，在她心中认为志铮是个财神，所以她扎得很紧，轻易不肯放松他，一面含笑叫声达令，一面拉着他手又到舞池里去了。在舞池里，丽霞是曲意地奉迎他，凭她的美色，把志铮迷恋得天旋地转，丽霞又撒痴撒娇地说道：

"你多坐一会儿，我马上就过来，好吗？"

"不！我要回家去了。"

"为什么这样性急呢？是不是生气了？我已经向你说过我们做舞女的痛苦，你难道不肯原谅我吗？"

"我没有生气，因为我还有事情呢！"

"那么你几时再来望我？我想约个地方，跟你好好地玩玩，你心里喜欢吗？"

"好的，明后天我一定来望你。"

"明天就明天，后天就后天，你要给我一个肯定的日子，含含糊糊的我不相信。你们男人家是靠不住的。"

"那么准定明天好了，我再来望你。"

朱丽霞含笑点点头，似乎得到了无上安慰的样子，把粉脸几乎要和志铮紧紧地黏住了。直等一曲音乐完毕，丽霞方才低低说声明儿见，便姗姗地走到别张台子上去了。这里志铮回到座桌旁来，呆呆地想了一会儿心事。只见那个朱丽霞在舞池里和另一个西服男子又在搂抱着跳舞了，她的举动，她的神情，一视同仁地完全一样地热烈和亲密。志铮看了，脑海里不免多加上了一重刺激。他微微地苦笑了一下，遂在皮匣内取出钞票，买了舞票，付了茶账，正巧刚好，不多不少，只剩下了一只空皮匣。他颓伤地跨出舞厅的大门，当秋天的晚风吹送到身上的时候，他全身抖了抖，脑子才觉得清醒了一点儿。欢场中的女子，是只宜找些刺激而已，想和她们谈情说爱，简直是太傻了。因为这无非是色相与金钱交易的场所，没有钞票，谁会认得他是阿狗阿猫呢？唉！灯红酒绿，纸醉金迷，真是堕落青年的苦海啊！志铮摸着空洞洞的皮匣，自言自语地感叹着，踉踉跄跄地奔回家中去了。

志铮回到家里，韩太太和志群正在吃晚饭。见了志铮回来，便忙问他吃了晚饭没有，志铮推说头痛，吃不下饭，便管自回到房中去了。他歪歪斜斜地倒在沙发上坐下，望着室内那盏电灯，呆呆地想了一会儿。起初神志还很清楚，但一会儿之后，他的酒气向上涌，一时越想越恨，越想越痛，忍不住呜呜咽咽地哭泣起来。

志铮这一哭泣不打紧，外面的韩太太倒大吃了一惊，慌慌忙忙地走进房中来。只见他两颊血红，好像喝醉了酒，又好像是生了病，于是急急地问道：

"志铮，你怎么啦？老大个子了，还闹着哭吗？被弟妹们瞧见了，要难为情哩。你有什么不舒服？快告诉我，我可以给你想法子呀！"

韩太太说的话，志铮好像是没有听见的样子。他理也不理地依旧抽抽噎噎地伤心着，满面沾了无数的眼泪。韩太太一时非常的奇怪，遂走近上前，拍拍他的肩胛，正欲再向他劝问，不料志铮猛地站起身子，向韩太太怔怔地望了一会儿，忽然抱住了韩太太的身子，一面流泪，一面痴痴地叫道：

"丽霞，丽霞，你为什么不能爱我？你一定还没有了解我是这一份痴心地爱上了你，我是完完全全真意地爱你！唉！我刚才见了你，我有多少的话要对你说。我藏在肚子里足足有两个多月不曾说出来的话，我要向你尽情地倾吐，但是我怕说错了，会得罪了你，所以我是多么的焦急。但越是急，越会说错话，越怕说错，也偏偏全都说错了。因此你怪恨我太粗鲁吧！太不懂温情蜜意吧！其实呢，可怜我实在太爱你了，我在没有瞧见你之前，我不懂什么叫恋爱，我只知道法律，我曾经讥笑恋爱，看不起恋爱。但是一见到了你，我才知道一个年轻的人是应该需要恋爱的。我爱你的程度，天没有这么高，海没有这么深。你说你已经爱上另外一个人，但我不知道这个人到底是谁，他也和我一样年轻吗？一样俊美吗？假使果然胜过了我，那我情愿承认失败，情愿退避三舍，要如那个人不及我，哼！我……非跟他拼命不可，因为他没有资格夺我的爱呀！丽霞，你为什么不说话？你告诉我，你快些告诉我呀！"

韩太太听了儿子这一番痴痴癫癫的话，心中真是又气又急，又恨又怨，要想推开他，但是志铮偏偏抱紧了她，还要她告诉到底爱上了哪个人，这就急得跳脚不已说道：

"志铮，你疯了？你疯了吗？"

"是的，我疯了，我完全为你疯了！丽霞，你……就可怜可怜我，答应爱上了我吧！"

"什么？什么？你这孩子简直是着了魔鬼了！你快睁开眼睛来看看我，我到底是你的什么人呀？"

志铮抱了韩太太要亲吻的样子，这才把韩太太急得愤怒起来，猛地把志铮的身子推开，怒气冲冲地喝着。志铮定睛一瞧，见了母亲那种愤怒的表情，方才把头脑清楚过来。他全身一阵子发抖，便颓然倒向沙发上去，默不作声，却只管扑簌簌地落眼泪。韩太太见儿子这样失魂落魄悲悲切切的样子，心中倒又不忍起来，遂温和地问道：

"志铮，你刚才不是跟我说去瞧一个同学的吗？我听你此刻疯癫的话，觉得你并不是去瞧同学的，你根本是去瞧那个瞎了眼睛的姑娘的。你一个年纪轻轻的人，为什么对母亲要说谎呀？"

"妈！你……你……可怜我，我……实在是太爱……唉！你就原谅你这个不孝的儿子吧！我此刻心中的痛苦，实在不想再做什么人了哩！"

韩太太听了儿子流泪的话，心中倒是急了起来，暗想：儿子这样痴心，那可怎么办呢？遂温颜悦色地说道：

"孩子，我真不懂，一个瞎了眼睛的姑娘又有什么可爱呢？比方那么说，她和你结了婚，什么事情她都看不见。你要吃点心，她不会烧火，你要想游玩，她不能陪你去看电影。你想，这种家庭，难道还有什么乐趣的吗？"

"妈！你不知道，她虽然是瞎了眼睛，但她十分聪敏，她会念书，她会唱歌，她会跳舞，她实在比有眼睛的人更可爱哪！"

"哼！唱歌、跳舞，难道可以当作饭吃了吗？孩子，你年纪轻，哪里知道这么许多。我告诉你，一个家庭中的主妇，绝不能拿唱歌跳舞来料理家务的。比方说，你们结婚之后，免不得要养孩子的。一个还不要紧，两个就麻烦了，三个更苦了。但保不住还有四个五个地养下来。那时候，大孩子要读书，小孩子要吃乳，要拉要尿，我问你，一个瞎了眼睛的母亲，能不能再来唱歌跳舞？我且不说别人，单拿你的娘来说吧！可怜她这二十多年来，为了你们四个孩子，她可曾享过一天福吗？志铮，你娘说的话，句句都是金玉良言，对你前途的幸福大有关系，你是个聪敏人，你还得三思才好。"

韩太太这番话确实是经验之谈，所以她的束缚儿子自由，倒不能说她是一种无理的专制。志铮听了，似乎也觉得这有考虑的必要。但是爱情这样东西是神秘的、不可思议的，为了一心一意的爱，大多数的青年男女，是绝对不考虑将来的问题。所以志铮又毫不思索地说道：

"妈的话虽有道理，但我们将来可以雇奶妈和佣妇，这些我以为是绝对没有什么问题的。"

"雇奶妈佣妇，老实说，谈何容易？你爸爸也是一个大学毕业生，他的才学也算不错，可是到今日只做了一个清苦的教授。生活高，开销大，这个年头儿，维持家庭已经不很容易了，假使每个孩子养下来，都雇奶妈的话，那么除非你做投机发财去。否则，你想也不用想的！"

"妈，你所说的都是将来的事情，我……实在顾不到这许多。我只知道我目前的需要，爱是多么的伟大哩！"

韩太太苦口婆心地相劝他，但志铮仍然执迷不悟，一时非常的忧愁，忍不住深深地叹了一口气，沉吟了一会儿，说道：

"那么你的心里，是非爱她不可了？"

"是的，我一定要爱她，我到死都要爱她！"

"那么她也爱你吗？"

韩太太这句话，倒是把志铮问住了，一时脸上现出万分痛苦的神情，怔怔地愕住了一会儿，说道：

"她……她……虽然没有完全地答应，可是她也没有完全地拒绝我。假使不是爸爸来撞散了我们的谈话，我相信她一定会答应爱我的。"

"什么？你爸爸也在那里鬼混吗？"

"是的，爸爸太自私了，他可以跟丽霞说话，但是他把我却赶回家中来了！你想，爸爸他算什么存心呢？"

"这老不死也真在发昏了，都是他闯的祸水，要不是他去带来这个狐狸精，你哪里会这样失魂落魄般的着了魔呢？等会儿我非跟他算账不可！志铮，我瞧你脸通红的，不要生了病，还是早些睡吧！就是你一定要爱上她，我做娘的也可以答应你，你定定心睡吧！"

志铮听母亲这样说，心中略为感到一些安慰。因为这时头痛如劈，难以支撑，于是也就脱衣安寝了。这里韩太太回到会客室坐下，一个人自思自忖，想到自己在家中辛辛苦苦地忙碌着，他们父子却成天在外面为了瞎子忙碌着，一时越想越气，越气越恨，忍不住暗暗地落了一会儿眼泪。不料正在这个时候，士成匆匆地回家来了，韩太太见时钟已经十点多了，气得猛跳起来，直奔士成，伸手一把抓住士成的领带，便破口大骂起来！

第四回

秘密被窥恼羞成怒可恶

士成因为今夜很晚回家，本来心中已经怀着鬼胎，此刻被太太这么狠命地一把拉住了领带，心头这一吃惊，不免急得像小鹿般地乱撞起来。领带是越拉越紧的，士成几乎被她抽得透不过气来，连声地说道：

"太太！太太！你不要这样子，有话好讲的，为什么要下这一记辣手呢？你……再这么抽紧下去，我这一口气不就完了吗？"

"我问你，你从实招来，你到底在什么地方？像你这样糊涂的丈夫，就是绞死了你，也绝不会犯天打的哪！"

韩太太虽然是没有再拉紧，却不肯放手，借此要挟丈夫从实说出他是在什么地方。士成在仿佛被用刑具之情形下，也只好老老实实地说道：

"太太，我……我在林小姐的府上呀！我没有到别的地方去荒唐呀！"

"你不是说有个朋友托你谋职业吗？怎么一忽儿又到她家中去了？你……为什么要说谎？你从实地招认。否则，哼！"

韩太太说到否则两字，冷笑了一声，把他领带又狠狠地一拉，表示又要下辣手的意思。士成心中暗想：这一定是志铮回家来告诉的，一时心生一计，遂含笑说道：

"太太，你不知道，原是林小姐托我的事情，所以我在朋友那儿接洽好之后，在给林小姐回音呢！"

"你这话可真的吗？"

"千真万真，绝对真的。"

"好！明天我问了林小姐，若没有这一回事，我可对你不起。"

韩太太说着话，方才把拉着他领带的手放了下来。士成暗暗捏了一把冷汗，但仔细一想，没有关系，我明天预早可以打电话去关照林小姐的，那么这谎话就不会拆穿了，遂很坦白的样子，点头说好的好的，实则实，虚则虚，你只管去问林小姐好了。韩太太这时又生气地问道：

"你知道你已经闯下了祸水吗？"

"什么？闯下了祸水？这话是打从哪里说起的呀？"

士成没头没脑地听到了这句话，心中自然吃了一大惊，这就慌张了脸色，莫名其妙的表情急急追问。韩太太唠唠叨叨地骂道：

"你这个人真是太糊涂了，无论什么好事都可以做，为什么要把这个白虎星弄进家里来呢？现在好好一份家庭，弄得颠三倒四，我瞧你真是自作死哩！"

"哎！哎！太太，你说得明白一些，谁是白虎星呀？"

"谁？就是这个瞎子呀！"

"哦！哦！是……丽霞吗？她……她……的人不是已经归林小姐所有了吗？和我家根本就没有什么关系的了！"

士成哦哦地响了两声，一面在沙发上坐下，一面表示否认太太说的这句白虎星的话。但韩太太听了，却把手在台上狠命地一拍，士成经她这一拍桌，不由自主地又站了起来。韩太太却又恶狠狠地赶上去，骂道：

"放你的臭狗屁！还说没有关系吗？你倒去看看你的儿子吧！他……他为了这个白虎星，神魂颠倒，废寝忘食，几乎要发疯的样子，这还不是为了这个瞎子的缘故吗？说来说去，都是你闯下了祸水。可怜我辛辛苦苦把志铮养成了人，好容易读到大学了，眼瞧他就可以出山赚钱了，你若把他弄疯了，我还做什么人？倒不如先和你这条老狗命拼了干净！"

韩太太一面说，一面拉住士成衣襟，真的又要跟他拼命的样子。士成听了这些话，方知志铮痴心得厉害。在平常做父亲的心中想来，至少是有些可怜他的成分。然而士成的心中，却反而觉得非常可恨，遂也愤愤地说道：

"这孩子太不孝了，为了一个女人，竟忘记了青年人应负的责任，这将来在社会上如何能够做事业呢？你刚才不是说他到朋友家里去商量结伴动身到南京去读书的事情吗？谁知他却是偷偷地看丽霞去了。年轻的人，最不好的习惯，就是说谎。说谎说惯了，就是不诚实，那么以后就会得不到外界的信用，一个没有信用的人，将来如何还有立足之地呢？所以我非好好教训他不可。"

士成这几句话，是忘记了自己刚才的行为。假使韩太太知道底细的话，她一定会说有其父必有其子，这是他自己的遗传啊！

但韩太太虽没有说这些，却也怒气冲冲地埋怨他道：

"你还说哩！志铮本来是一个好孩子，他是向来安分守己的，都是你自己这个老不死，引鬼上门，所以把他引诱坏了，志铮的说谎，推其原因，都是你的罪恶。你现在得好好去劝醒他，他若是这样痴癫下去，完全是你的责任，我一切都得问你算账不可。"

"太太，你这话有道理，我马上去劝他吧！"

士成恐怕太太对他又有什么野蛮的举动，使自己简直没法应付，所以只好显出绝对服从的神气，小心翼翼地连连称是，一溜烟似的走到志铮的卧室内来了。志铮真也痴得可怜，他这时独自又坐在写字台旁，拿了一支笔，在一张信笺上接连不断地写着丽霞的名字，士成走在他的背后，他也一丝没有发觉，还自言自语地问道：

"丽霞，丽霞，奇怪，你到底爱上了什么人呢？我虽然不是一个美男子，但到底也不算丑恶呀！我这样痴心痴意地爱上你，你为什么一丝也不动心呢？唉！你……你……不是太以狠心了吗？"

"志铮，你一个人自言自语的在发些什么神经病呀？"

士成听到这里，便再也忍熬不住地喝了一声，向他十分生气地问着。志铮回头一见，想不到爸爸突然会站在房中，一时不免也有些害怕，血红了脸，支支吾吾地有些回答不出什么话来。士成拉了志铮的手，方才又显出温和的态度，低低地说道：

"志铮，你……千万不要胡思乱想，你应该好好地用功读书，一个青年，最要紧的是学问，有了学问之后，将来就不难娶个美丽而贤德的妻子。你此刻学问没有成就，事业没有开始，竟自昏昏沉沉地迷在恋爱之中，这不是毁灭了你自己的前程吗？"

"爸爸，我……"

"你不用再说什么了，我是为了你好，你难道不明白我做父亲的一片爱心吗？"

"爸爸，我知道你爱我，但是……"

志铮含了痛苦的眼泪，几次三番要表达他心中的痴念，然而士成总不让他说完，便先老气横秋地说道：

"好了，你既然知道爸爸是为了爱你，那么你应该听从我的话。你很年轻，你要为你前途打算，你不能为了一个瞎眼的姑娘而疯疯癫癫地痴想。我做爸爸的只有帮助你，绝不会有陷害你的道理。像你这种青年，懂得什么是恋爱呢？"

"爸爸，我懂得，我怎么会不懂恋爱呢？"

"你懂？一个真正知道恋爱的人绝不是盲从的，像你一看见美丽的姑娘就不问青红皂白地爱上了，这要算是恋爱，那简直是侮辱了恋爱！"

"爸爸，你误会了，我绝不是像蝴蝶那样一会儿飞到那朵花，一会儿飞到这朵花，我完全是专一不移的爱……"

"志铮，我不许你再说这些话！"

士成听儿子始终如一地还是迷恋着丽霞，这就瞪着眼睛，恼怒地喝阻他。志铮满面现出痛苦的表情，好像一个罪犯在听到判决死刑一般感到绝望，灰白了两颊，额角上的汗点儿和他眼眶子里的泪水一齐滚了下来，一面坐到沙发上去，一面却自言自语地说道：

"奇怪，真是太奇怪了！为什么硬生生的不许我去爱上她呢？

但是，我不能不爱丽霞呀！今生要没有了丽霞，我就会像失却了灵魂一样了呀！"

"志铮，我老实地告诉你，你虽然爱她，但是，她不爱你，你又怎么办呢？要晓得真正的恋爱，是不能一丝一毫勉强的啊！"

士成见他痴癫的情形，心中也有些担忧。这就心生一计，索性用了斩钉截铁的话，让他死了那一颗心。志铮猛地跳起身子，睁大了眼睛，向士成急急地问道：

"爸爸，她为什么不爱我？她为什么不爱我？"

"你这话不是问得有趣吗？她不喜欢爱你，就不爱你，难道一定还要向你解释理由吗？"

志铮被爸爸这句话倒是问得愕住了，遂沉吟了一会儿，方才说道：

"她对我说，她爱上了别人，我真不知她是爱上了谁。"

"这是她的自由，她喜欢爱谁就爱谁，你根本用不着多管闲事的。孩子，时候不早，你还是早些睡吧！以后不要再想这个丽霞，因为她对你前途是有害无益的。再过几天，你不是要到南京去读书了吗？学业完成后，我还要送你到欧洲留学去呢！"

"爸爸！"

"叫你不要多说了，你就别啰唆了，睡吧！"

士成很严肃地阻止他再说话，没有一点儿同情地走出房外去了。可怜志铮的心头像刀割一般疼痛，泪水更像雨点儿一般落了下来。他呆呆地愕住了一会儿，忽然瞥见五斗橱上放着一瓶葡萄酒，这就猛地去握了酒瓶，走到写字台旁，哈哈地疯狂似的笑了一阵，接着把瓶口对准了嘴儿，咕嘟咕嘟地喝了一会儿，说道：

"爸爸叫我不许说话，他要我做一个哑巴。可是我生了嘴，不说话还有什么用呢？这是民主时代，还是专制时代呢？唉！我连说话的自由都没有了！好！我不说就不说，我还是喝酒！喝酒真痛快啊！喝了酒，世界就会转起来，转得混混沌沌的我什么都不在乎了。爸爸是爱我吗？我真有些弄不懂。他叫我用功读书，但读会了书，不好说话，又有什么用呢？我还算读法律吗？法律，法律，这个世界还有什么法律两个字呢？他妈的！我还是喝酒！"

志铮痛心疾首地说到这里，握了酒瓶，又连连地喝个不停。他本来已经有些醉的，此刻喝了半瓶葡萄酒之后，自然格外地醉起来了。他抬头望着黑漆漆的天空，天空中虽然悬着一个圆圆的月亮，但是在志铮眼中看来，那月色好像十分惨淡，没有像过去那么的有光彩了。照在窗台上放着的那一盆秋海棠，在花瓣上留着的露珠，也好像陪着有情人在同声哭泣。志铮的肠是寸寸地断了，他觉得眼前完全呈现着一片荒凉，心头早已没有了生命的温暖，他好像看见魔鬼伸了可怕的爪儿向自己扑过来，他好像发觉四周都是累累的荒冢。他急了，他更迷糊了，他害怕地叫了一声："啊呀！"身子竟昏倒在地上了。一瓶葡萄酒，像鲜红的血，流满了他身上。

直到第二天的早晨，志铮醉倒在地上的情形方才被韩太太发觉了。一时心中吃惊不小，连忙拍着志铮的身子，把他连连地叫醒了。志铮睁眸一瞧，只见太阳暖和和的已晒满了整个房间，不由也惊叫起来问道：

"啊呀！妈，这是怎么一回事呢？"

"唉！你这孩子太糊涂了，还问我吗？瞧瞧你身上的衣服！满身都是酒，你你……昨晚是怎么一回事啊？"

志铮被母亲这样一问，方才想明白过来。他立刻又沉了沉脸色，表示痛苦的样子，慢慢地站起身子来，不料却觉两脚发软，头晕眼眩，大有摇摇欲倒的模样。韩太太扶住了他，又爱惜地说道：

"孩子，你也想明白一些吧！快换了脏衣服，到床上再休息休息吧！"

"妈！"

志铮叫了一声妈，心中要说的话却是说不出来，一阵悲酸，不觉泪如雨下。韩太太慈祥地服侍他睡下，低低地问道：

"你饿了没有？我叫赵妈弄稀饭来给你吃好吗？"

"不！我不要吃。"

"那么你好好躺着吧！不要胡思乱想，你该知道为娘的辛辛苦苦养你成人，你若为了一个女孩子而显出这样消极颓伤的样子，那不是太伤了我的心吗？"

志铮对于母亲这些话，似乎有些格格不入耳。所以他闭了眼睛，不愿再理她，好像要睡着了的神气。韩太太方才叹了一口气，悄悄地退出房外来。志铮这一睡下去，不料头痛发热地真的生了病。原来是昨夜酒醉倒在地上，受了寒的缘故，所以病了。韩太太当然十分着急，连忙给他请医诊治，并且撮药调理。这天晚上，韩太太端了药碗，服侍在志铮的床边。但志铮摇摇头，表示不愿喝药的样子。韩太太温和地劝慰他说道：

"孩子，你身上有了病，总得喝药才是。喝下了药后，那热度自然会退去的。你是孝顺我的，我知道你一定会听从妈的话。"

"妈，我这病绝不是喝了药就会好的，我觉得这病恐怕是不会再好的了！"

志铮心灰意懒地回答，他的神情是分外的悲惨。韩太太听了，眼泪早已扑簌簌地滚了下来，悲哀地说道：

"傻孩子，你怎么说出这些话来？那不是太以狠心了吗？"

"我狠心，你们才狠心哩！"

"志铮，你……"

韩太太见志铮向自己投了一瞥哀怨的目光，恨恨地说出了这两句话，一时叫了他一声，有些木然的样子。但志铮接下去又说道：

"妈，我老老实实地跟你说了吧！我实在是为了丽霞而病的。你们不许我爱丽霞，那你们好像是刽子手拿刀在杀你们儿子一样。所以这种草药，根本是没有什么用处的！"

"孩子，你为什么要这样痴心呢？"

"可是，妈，你为什么要这样狠心呢？"

"我狠心？唉！我是为了爱你，才不愿你和她结婚的。因为她是个双目失明的姑娘，她将来绝不是你的贤内助。等你婚后发觉，恐怕你会感到绝对的失望。"

"不会，不会，我绝不会失望。妈，我最后地告诉你，除了丽霞之外，无论什么都救不活你儿子的性命。"

志铮说完了这两句话，又紧闭双目，表示愿一死的意思。韩太太脆弱的心弦，到底禁不住这死的威胁，于是胸中坚强的成见终于软化下来，微微地叹了一口气，忍痛地说道：

"孩子，我……就答应你……吧！"

"妈，你答应我什么？你说，你快说！"

志铮立刻睁大了眼睛，惊喜万分的表情，向她急急地问。韩太太又喜欢又难过，有些委委屈屈的口吻低低地说道：

"我答应你……跟丽霞结婚了！"

"啊！天哪！我的好妈妈！我真是太感激你了。"

志铮猛地跳起身子，抱住了韩太太，笑嘻嘻地说。韩太太连忙扶着他躺下，也不禁破涕为笑地说道：

"孩子，你不要这样子，你身上还有着病哩！"

"妈，我的病早已没有了，我一听妈答应了我，我的病完全好了！"

"别说痴话了，瞧你两颊血红的，热度还很高！你快喝了这碗药汁，妈欢喜你。"

韩太太完全还把他当作三岁孩子那么看待地哄他喝药。志铮因为心中有了万分的安慰，这就大口地把药汁喝下去了。韩太太把他的被塞紧，叫他安心休养，然后熄了电灯，方才回房去了。这天晚上，志铮果然很安静地睡着了，而且还做了一个甜蜜的美梦。

次日醒来，志铮吃过早餐，又暗暗地想了一会儿心事。母亲既然答应我去爱丽霞了，那么我自可以大了胆子跟丽霞去求婚了，就是爸爸知道，我也不怕什么的了，因为我是得到母亲的许可，爸爸还敢来干涉我吗？志铮拿定主意，心中十分的快乐。他本来没有什么大病，所以在十二点半左右的时候，便急匆匆地起床。向韩太太只说去公园里散一会儿步，他便匆匆坐车又到林瑞贞家中来了。

今天下午丽霞原要到青年会去客串表演的，所以林瑞贞把她打扮得更像花朵那么美丽好看。因为丽霞有士成陪伴她到青年会去，所以林瑞贞和秦天鸣先到青年会去布置一切了。志铮到了林家的时候，只见爸爸和丽霞坐在长沙发上很亲热地谈着话。他心中很妒忌，所以偷偷地躲在窗口外听他们谈话，只听爸爸的声音说道：

"丽霞，你今天这么一打扮，真是更显得美丽了！"

"真的吗，韩先生？"

"自然真的，实在太好看了。尤其你唱的歌，也实在太动听了。谁见了你，谁就得被你迷住了。就是我吧，我活了这一把年纪了，从来也没有见到像你那么可爱的姑娘。丽霞，你真是天上的嫦娥呢！"

"嗯！韩先生，你故意这么说，使我心里高兴吗？"

"不！我完全是真心的话，丽霞，怪不得年轻的人都为你疯狂了呢！"

"你说年轻的人是指谁？哦！你是说志铮吗？"

志铮站在窗口外，听到这里，一颗心更像小鹿般乱撞起来了，暗暗想道：原来丽霞心中，也有着我这样一个人呢！一时颇觉安慰。只听父亲又生气地说道：

"你不要提起这个孩子了，提起了他，就叫人生气。"

"为什么你这样恨他呢？"

"他对你有这种没有礼貌的举动，那还叫人不恨他吗？所以我回家之后，又把他好好地教训了一顿，并且不许他再到这儿来

136

缠绕你！"

"那么志铮心中一定很难过吧？"

丽霞究竟是个有情感的姑娘，说完了这句话，却又为志铮感到悲哀起来了。志铮听了，心中感动得不免流下泪来，暗想：她到底是我生命中的知音，也许她心里也有爱上我的意思吧！假使果然如此，我回头向她详详细细地一表白，她自然也会接受我的爱了。一时又转忧回喜，但听爸爸的语气，又恨恨地说道：

"他难过什么？他这种不长进的孩子，真是太无耻了！丽霞，你难道为他也很难过吗？"

"不！"

"是的，我想你一定不会为一个没有人格的青年而难过的！况且我们两人时常在一起，不是也很快乐吗？"

志铮听到这里，满腔的愤怒几乎要像火山似的爆炸起来了，暗暗地想道：照这情形看来，显然爸爸也是为了爱上她而对我成了仇敌一般。那么爸爸简直是个没有天良只知私欲的畜生了，他还敢说我没有人格吗？想到这里，意欲冲进去和他争论，但仔细一想，还是忍耐住了再听听他们以后还有些什么话，于是又静静地听下去。这是丽霞的声音，她很温情地说道：

"不错，我确实很快乐，韩先生，你待我太好了，你给我的幸福真是说也说不尽，我真不知拿什么来报答你才好哩！"

"别老是说这些报答的话吧！其实你给我的幸福才真正是伟大神秘呢！我回想到没有爱你之前，那时候我的生活，真是太空虚、太乏味。虽然我有这一个家庭，但一些乐趣都没有。现在我有了你，好像得到了世界上一切的快活一般。我的身体只觉得天天康健，我的前途日日又充满着光明！我希望我们俩永远地在一起，不要分开，不要别离，你说我这些话能不能得到你的同情？"

"我当然表示十二分的同情，但是我心中也有些不安。"

"奇怪，你为什么要不安呢？"

"我不安的是志铮为我这样疯狂的神气，我还听到他的哭声，是那么伤心！那么悲惨！所以我心中老是觉得有一种不安。"

"这是他自己作孽，该死！你根本不用为他而不安的！"

士成狠心地说着，在一个心爱的人面前，他已丝毫没有了父子情分。但丽霞却还是包含了凄婉的口吻，低低地说道：

"话虽不错，但是他的疯狂，到底因我而起的，所以我不能不表示一些歉疚。"

"年轻的人都是一时的感情作用，明儿他爱上了别的姑娘，自然会把你忘记得一干二净了。你放心，我会叫他安安心心去读书的。"

"……唉！"

"怎么？你又叹气了？我老实地问你，你到底爱志铮，还是爱我？"

"韩先生，你不要多心，我不是早已跟你说过吗？我不爱他，我爱的是你。"

志铮听到这里，觉得爸爸完全有一种威胁的意思，在压迫她一个盲目而可怜的女孩子。那么爸爸的行为，哪里还像是个教授，简直像一个大流氓了。他痛心极了，他愤怒极了，一时鼓足了勇气，向屋子里直冲进来。只见爸爸还紧紧地抱住了丽霞的身子，似乎正欲偷偷地去吻她的面孔。志铮连连地冷笑，大声

138

说道：

"爸爸，你好，你做的好事，你太没有人格了！"

这突然来的话声，听到士成和丽霞两人的耳中都不觉大吃了一惊，尤其是士成的心里，在一阵羞愧与恼怒的交流之下，他绯红了两颊，立刻奔了上去，索性拿出武力的手段，啪啪地打了志铮两个耳光，大骂道：

"什么？反了，反了，你敢来教训我做父亲的吗？你真的疯了吗？我……不要你这个逆子，你给我滚到马路上去做瘪三吧！"

"爸爸，我做瘪三原没有关系，你欺骗一个瞎了眼睛的姑娘，你太无耻！你太残忍了！你……的良心在哪儿啊？"

志铮虽然是挨了打，但并没有表示一丝畏缩，仍旧大声地呼出这些不平的话来。士成越听越不对，觉得三十六计走为上，于是拉了丽霞的手，说时候不早，我们快到青年会去吧！不要跟这疯子多说什么话吧！这时丽霞的心头，真有说不出的狐疑不决，但被士成拉着，也只好跟着他一同向门外走，不过耳边还听到志铮的话：

"丽霞，你这可怜的姑娘！你千万不要上我这个不要脸的爸爸的当啊！"

"放屁！你这该死的奴才！我恨不得一脚踢死你！"

士成见他一路说，一路追着出来，这就回身狠狠地一脚。志铮猝不及防，被他踢中了脚踝，忍不住"啊"了一声，随即痛极倒地，几乎昏厥过去！

第五回

一鸣惊人感动慈悲良医

士成把志铮踢倒之后，哪里还管得了志铮的死活，便拉了丽霞走出大门口外，匆匆地跳上一辆三轮车，叫车夫驶向青年会去了。丽霞紧紧地偎着士成，心头怦怦地乱跳，似乎有余惊的样子，急急地问道：

"韩先生，志铮他怎么了？"

"他……拿了刀来杀我，我……我不能不把他踢倒了，使我们可以逃走！"

士成的神经也有些刺激得过分了，他几乎被美色迷住了本性，一时竟随口胡诌地回答。丽霞惊骇地说道：

"我真想不到志铮是个这么野蛮的人，他一点儿也不像你。"

"要像我，那倒好了。我不是早跟你说过吗，他的脸是长得十分可怕。你幸亏看不见，否则，你一定会被吓死！"

丽霞于是默然了，士成也不再说话。车到青年会门口停下，士成付了车钱，拉着丽霞，走进青年会大礼堂后面的休息室，只见瑞贞、天鸣等早已等着了。他们一见丽霞，便走上来说，快快化妆了，第二个节目，就是丽霞的钢琴独奏哩！丽霞不说话，便给瑞贞拉去了，这里士成向四周打量了一下，只见正中挂了一面蓝色三角形的旗，上面写着"德体智"三个字，下面贴着一张节目单，写着"盲哑学校募捐演奏大会"等字样。正在瞧时，忽听外面台上有人报告着说，现在第二个节目是张丽霞小姐的钢琴独奏，接着那个报告员匆匆走进来，含笑说道：

"请丽霞小姐上台吧！"

"丽霞，这是你第一次个人表演，胆子千万大一点儿。"

瑞贞给她化妆好了之后，遂拍拍她的肩胛，向她低低地安慰。秦天鸣听了，也走上去，壮她的胆量，说道：

"丽霞，不要害怕！你虽然还是处女表演，但我可以担保，你一定有惊人的成绩。放心，我来扶你上台吧！"

"我来，我来！"

士成似乎怕天鸣会揩了丽霞油似的，慌忙走过来抢着扶她。在士成的心中，完全把丽霞已当作专有品一样的了。当下两人扶了丽霞上台，向观众们先行一个礼，因为丽霞的美色太动人了，所以引起了满场观众的好感，立刻雷动似的拍了一阵手。接着丽霞坐到钢琴旁边，用了纯熟的手法，叮叮咚咚地弹奏起来。因为一个双目失明的姑娘，居然以手作眼地奏出这样美妙的琴声来，当然是得到观众们的称赞。所以一曲终了，早又欢声雷动，高喊再奏一曲者，不乏其人。那个报告员向天鸣接洽了后，便向观众们摆手招呼，说诸位请静一静，张小姐决定再弹一曲以答雅望。天鸣走到丽霞身旁，于是附耳说了几句。丽霞点点头，方才又很美妙地弹奏了一曲，台下的观众们，掌声早又拍得震天响了。士成慌忙又来扶着丽霞回到休息室，瑞贞笑盈盈地拉住了她的手，很高兴地说道：

"丽霞，恭喜你，这真是出乎意料的成功。"

"我不是早说过吗？一鸣惊人，这是我可以担保的事情。"

"丽霞有今天这样的成绩，那完全是林小姐和秦先生两位的栽培之功，所以丽霞应该谢谢两位老师才是。"

士成听瑞贞、天鸣这样说，更加眉飞色舞，耸了耸肩膀，完全以保护人的身份，向丽霞满面含笑地关照着说。丽霞似乎很听从士成的话，向瑞贞、天鸣鞠躬道谢，分外妩媚可爱。这时，那个报告员又在台上滔滔不绝地说道：

"诸位来宾，今天敝青年会举行这个慈善演奏大会，意义是很深长的。你们当然明白，世界上最可怜的人，就是没有眼睛和不会说话的人。他们因为不能进普通的学校，因此失却了受教育的机会，更造成了他们身世的悲苦。因为他们不识字，不能说话，连一些谋生的技能都没有。这样的生命，在饥寒交迫之中，如何还能够长久呢？所以敝青年会发起筹办一个盲哑学校，来谋这些残疾者的幸福。张丽霞小姐是个双目失明的姑娘，但是她有音乐天分，刚才的表演，诸位都已经看见了，不是非常惊人的吗？但诸位不要性急，后面还有许多精彩的节目哩！"

士成一面听着报告，一面拍着丽霞的手背，两人同坐在沙发上，满面春风，真有说不出的得意和快乐。不料正在这时，忽见志铮血红的脸，跌跌冲冲地奔进里面来，说道：

"哈哈……哈哈……你们逃到什么地方去？我一打听就知道你们都在这里，我可找到你们了！丽霞，我跟你说话，我要好好跟你说一说，你就明白我是没有一些恶意的了！"

"咦！咦！志铮，你……这是怎么一回事？你在什么地方喝醉了酒呀？快坐下来歇歇吧！"

林瑞贞走上去招呼他，因为闻到他满口的酒气，所以很奇怪地向他连连地追问。士成见了志铮，此刻心中痛恨得好像见了仇人一样，遂站起身子，不许志铮走到丽霞的身旁来，严肃地说道：

"志铮，你真发疯了！这儿是会场重地，你预备来扰乱秩序吗？我可叫人抓你到局里去！"

"哈哈！你说我发疯吗？但是你自己也发疯啦！你忘记了你自己是个怎么样环境的人了？你……才是疯了呢！"

"志铮，你做儿子的不该拿这种态度来对付你的爸爸，你……怎么啦？快静一静，把你糊涂的脑子醒醒吧！"

林瑞贞听志铮竟和士成争吵起来，因为没有知道其中的底细，所以也表示生气的样子，向志铮一本正经地责问。志铮却不肯认错，还是滔滔不绝地说道：

"林小姐，你以为我糊涂吗？不！不！我一丝也没有糊涂，我脑子比谁都清楚。他没有资格做爸爸，他还有什么能力来管教儿子吗？他想管教我，他先把自己的行为来改正一些吧！"

"你们听，你们听，这孩子简直是中了邪，满口胡言地说出这些没有规矩的话来，简直把我气都气死了！"

士成恐怕他还有什么不堪入耳的话要说出来，更使自己下不了台面，所以暴跳如雷地赶上去，预备先落手为强地把他打出去。秦天鸣恐怕事情吵闹开来要妨害会场内的秩序，所以把士成阻拦了，说道：

"韩先生，你且息怒，令郎一定是醉了，所以你千万不能和他一般见识，还是我劝他回家去吧！"

天鸣一面说，一面走到志铮的身旁，又急急地说道：

"韩少爷，你不能在这儿吵吵闹闹呀！你就是有什么委屈和不平，也该回家之后再作计较呀！你若在这儿一吵闹，不是存心来破坏公益事业吗？那你岂不是成个慈善事业的大罪人了吗？"

"请丽霞小姐预备好了，我们第五个节目又快要开始了。"

正在这个当儿，那个报告员又含笑走进来关照着说。天鸣听了，遂趁此接下去向志铮说道：

"你听，丽霞快要上台了，你不能再在这儿打岔了。李先生，你带这位韩先生到外面座位上去看着吧！有话回头可以说的。"

这位李报告员听了，遂拉了志铮向外面走。志铮虽然有些酒醉，但他心头十分清楚，因为不愿做慈善事业的罪人，所以默默地走到会场里去了。

不多一会儿，第五个节目开始了，这是瑞贞的钢琴弹奏，天鸣的小提琴弹奏，还有丽霞唱的小绵羊歌曲。钢琴和小提琴固然是奏得凄婉动人，而丽霞的歌声，更是珠圆玉润，婉转悦耳，美妙动听，所以唱完了一曲之后，因为喝彩声不绝的缘故，只好又唱一曲。这一个节目完毕后，休息十分钟，所以有许多新闻记者和观众们都拥进休息室来，有的要丽霞签名，有的要丽霞谈话，乱哄哄地闹了一阵。丽霞因为不习惯这种热烈的包围，所以偎在士成身旁，反而害怕得什么似的。这时有一个年约五十的西服男子，分开众人，走到士成的面前，递过一张名片，一面很诚恳地

说道：

"我是牛斯惠医生，平生也赞助慈善公益事业。今日被邀来此参观，给我发现了丽霞小姐的天才，实在使我万分感动。这样美的歌唱，我活了这五十多年来，还是头一回听见。所以我觉得张小姐将来的前途，真是不可限量。但可惜的，她竟双目失明，未免美中不足。我是一个眼科医生，所以我愿意尽义务来医好张小姐的眼睛，说不定有办法可以医亮她的眼睛，那么张小姐不是可以成个十全十美的姑娘了吗？"

这位牛医生说完了这些话之后，整个室内的人们都不觉哄然起来。观众们议论纷纷，大家都说道：

"要如张小姐能开眼睛的话，那将来一定是全国第一颗发红的明星！"

"金嗓子保险打倒。"

"甜姐也恐怕要吃瘪了！"

"加上她活活的秋波，真可以说是世界第一个好看的美人了。"

"她做电影明星，我一定每天看她的影片。"

你一句我一句，观众们杂乱的话，听到士成的耳朵里，他也不免欢喜起来了，遂含笑望着牛斯惠点点头，表示感谢的意思，说道：

"牛医生，你假使真的能把她眼睛医好的话，那我们一定要好好地感谢你，给你登报传扬，说你是全世界第一的眼科医生。"

"其实这也没有什么稀奇，有些瞎子是因为在瞳仁上长了一层东西的缘故，只要用手术把这层薄膜割除，马上就可以跟平常

145

人一样瞧见东西了。"

"那么费牛医生的心了，你能不能先给她检视一下呢？"

"我马上给她检视，对不起！诸位让一让，等我医好了张小姐的眼睛之后，你们不但能听张小姐的歌，而且还能见张小姐美丽的表演哩！"

牛斯惠很高兴的表情，向包围在四周的观众们含笑着说，于是大家退后了一点儿，牛医生遂拉了丽霞，在电灯下坐了，然后取出随身带着的反光镜，一手剥起她的眼皮，就在灯光之下细细地检视起来。士成有些迫不及待的样子，急急地问道：

"牛医生，怎么样？有希望吗？"

"不但有希望，而且我还可以负责把她医好。因为她的眼睛并没有完全失明，无非是瞳仁上有了一层障碍，只要施用手术来割掉，立刻就可以看见的。"

牛医生这几句话说得大家都高兴起来，代替丽霞庆幸欢呼。瑞贞和天鸣也笑嘻嘻向牛医生道谢，士成更加乐得耸着肩膀，紧紧地和牛医生握了一阵手，说道：

"牛医生，你真是一个慈爱而热心的好医生，我愿意拿我所有的一切来报答你。"

"我哪里要你们报答呢？这位先生贵姓？"

"鄙人韩士成，张小姐一切都由我做主的。牛医生，那么你预备几时给她施用手术医治呢？"

"我的意思，等张小姐在这儿的节目完毕之后，马上就可以送她到我医院里来做手术的，我的院址，就在那名片上面，那么回头见吧！"

牛医生一面说，一面点头，表示告辞的意思。士成为了表示心中很感激他，所以便送他出来。这时众人也被李报告员请到外面会场内去了。瑞贞拉了丽霞的手，正在恭喜她将要做一个亮眼的人，忽然见志铮又匆匆地走了进来，他见父亲不在，好像是一个难得的机会，便鼓足了勇气，抢步上前，拉住了丽霞的手，急急地说道：

"丽霞，丽霞，我问你，你到底爱上了谁？你难道愿意爱一个年纪比你大上两倍的老东西吗？你难道不晓得他的儿子我，只比你大了三岁吗？他……背地里破坏我的名誉，他完全是为了一己之私，他存心不良，他要害你小姑娘终身的幸福。我是真心爱你，我……我劝你千万不要上他的当呀！"

"志铮，你说话的声音为什么抖得这样厉害？你……莫非病了吗？"

丽霞这时的芳心是怀疑极了，她只恨自己眼睛看不见，不知道他们父子之间是哪一个话说得对，因此呆呆地说不出什么话来。因为志铮话声带了一点儿哭音的成分，所以她也难过地问他。志铮听了，叹了一口气，说道：

"是的，我为你确实生过病，我为你简直不想做人。丽霞，你是一个才十七岁的姑娘，你怎么能爱一个四十多岁的老头子呢？你爱错了，你完全地爱错了！"

"志铮，你疯疯癫癫地和丽霞到底在说些什么话？我真一点儿也听不懂呢！"

瑞贞站在旁边，真有些莫名其妙的样子，蹙了翠眉，奇怪地问。志铮听了，哈哈地笑了一阵，说道：

"林小姐,你不懂,但她却完全懂呢!丽霞,你回答我,你今天非爽爽快快地回答我不可,我就是死了也甘心!"

"志铮,你叫我回答什么呀?"

"你说,你到底爱上了谁?"

志铮向她一再逼问,问得丽霞几乎要哭出来了。就在这个时候,士成却笑嘻嘻地回到休息室来。当他一眼见到志铮又在丽霞身旁缠绕,立刻就板起了面孔,愤怒起来,猛地奔了上去,将志铮一把拖开,恶狠狠地说道:

"你这该死的畜生!你到底是人还是鬼?你若再在这儿胡闹下去,我真的要对你不客气了!"

"奇怪!我在问她说话,要你回答什么?你是什么人?敢来管我的闲事。"

"这……畜生真的疯了!你眼睛花了,你连父亲都不认识了吗?我不来管教你,谁管教你?"

"你要管教我?请你先管教你自己。老实对你说,你不像是我的爸爸,我没有这样一个卑鄙龌龊无耻的下流爸爸!"

"什么?反了,反了,你真把我气死了!你给我滚出去!"

"志铮,你也太不像话了,这还是做儿子的态度吗?"

林瑞贞在旁边有些听不过去,遂也向志铮严肃地劝阻。志铮冷笑了两声,瞪着眼睛,说道:

"你叫我滚!我非宣布你的罪恶不可!"

"我打你这个忤逆不孝的畜生!"

士成听志铮这样说,心中不免暗想:他要宣布我的罪恶,难道他已明白我是爱上了丽霞吗?万一被他胡言乱语说了出来,那我的名誉，不是要扫地了吗？士成这样思忖，心中一急，不由得急出无数的火星来。这就猛地走了上去，伸手在他颊上啪啪打了两记耳光，打得志铮怔怔地愣住了，手摸着脸颊，呆呆地望着士成和丽霞出了一会子神。他似乎有些酒醒的神气，狠狠地叫了一声"好"，便匆匆地向外直奔了。瑞贞道：

"志铮这孩子也太不懂事了，一个文文静静的人怎么变了呢？"

"我想……我想……他也许有些病了吧！"

丽霞有些莫名其妙的样子，低低地猜测说。士成则是怒气未消的样子，讨厌地说道：

"哪里有什么病呢？都是喝醉了酒，所以胡说八道，不要去理他。"

"他从前也喝酒吗？"

"从前不喝酒的，一个好好的孩子，变坏了真令人讨厌。"

"志铮他会不会受了一些什么刺激？"

瑞贞听丽霞和士成这样说着话，遂在旁边也插嘴问。士成有些心虚，脸微微地红起来，不过还是竭力地辩白道：

"一个小孩子有什么刺激呢？吃父母的饭，穿父母的衣，读父母的书，哪一样开销要他自己来负担？你想，这种舒服的现成人，他还不求努力上进，真是自己作死哩！"

"第八个节目又开始了，请张小姐上台吧！"

大家正在说着话，报告员又含笑进来相请，于是瑞贞、士成扶了丽霞，又到台上去歌唱了。

等大会宣告闭幕已经是五点多了，瑞贞向士成说道：

"韩先生，我和天鸣还有事情，不能分身，丽霞还是由你陪她到医院里去医治眼睛吧！"

"这样也好！丽霞，我给你穿大衣，一块儿到医院去了。"

士成点点头，伸手在衣钩上取下大衣，给丽霞穿上。李报告员向他们连连道谢，送着出来。士成和丽霞在青年会门口跳上一辆三轮车，吩咐车夫驶到医院去。丽霞在车上很担心地说道：

"我的眼睛不知道真能够医得好吗？"

"牛医生刚才检查之后，不是说完全有希望吗？我想一个做医生的，既然这么说，那一定有把握的！"

"可是，我听牛医生说，我的眼睛要开刀割除薄膜。我觉得开刀很危险，所以真有些感到害怕。"

"不要害怕，上了麻药之后，一些痛苦也没有了！"

士成半环抱她的肩胛，向她低低地安慰。丽霞呆呆地沉思了一会儿，忽然扬着粉脸，想到了什么似的，问道：

"韩先生，你和林老师不是都很爱我吗？"

"是的，你放心，我们都爱你。"

"有你们这样真心地爱我，那我不是已经很幸福了吗？我何必一定还要这双眼睛看见呢？"

"你能睁眼看见世界上的一切，这不是更幸福吗？"

"嗯！我可以看见鸟儿、蝴蝶、花儿、鱼儿，我一定是更幸福了。"

丽霞偎在士成怀抱里，点头得意地说，满脸是含了甜蜜的微笑。士成在微风中闻到一阵阵少女的幽香，那颗将苍老的心也不免陶醉起来。三轮车到医院门口停下，士成付了车资，陪伴丽霞入内。牛医生在诊治室内把他们迎入，含笑说道：

"韩先生，你们来了吗？我已恭候多时了，请坐吧！"

"真对不起，要牛医生费心了。"

"哪里哪里，韩先生在外面等一会儿，我带丽霞小姐到里面去做手术了！"

"我能进去看看吗？"

"最好别进去，反正没有多久就完毕的。"

牛医生说时，已有两个看护小姐来扶丽霞到里面小间里去。丽霞有些害怕地叫了一声："韩先生！"士成忙安慰她说不要害怕，一会儿就好。牛医生和士成一点头，也走入手术室里去了。

等牛医生做手术完毕之后，天色已经入夜，室内早亮了电灯。丽霞躺在一张帆布软床上，由看护小姐抬了出来。她的两眼用纱布包扎着，好像是受了伤的样子。士成吃惊地问道：

"牛医生，怎么？"

"没有什么，一切都好，丽霞小姐就在我医院内住一夜，明天她就可以重见光明了！"

"丽霞，你觉得有什么痛苦吗？"

"还好，不觉得什么，韩先生，你不要离开我，你伴在我的身边吧！"

丽霞低低地回答，心中显然还有些害怕的样子。士成听了，心中自然非常欢喜。一面向牛医生道谢，一面陪着丽霞到病房里来。看护小姐帮她平平稳稳地躺到病床上，便悄悄地退出去了。这里士成在病房中跟丽霞做伴说话，不多一会儿，牛医生命人开上晚饭，也由士成服侍丽霞吃了。丽霞心中感动万分，又向他说了许多感激的话。

这晚，士成由医院内回家，时间又是十一点敲过了。士成在医院内是甜蜜十分，然而一到家中，见了韩太太那副凶恶的脸，满腹又感到痛苦十分了。

第六回

光明重见反流情天血泪

"当……"壁上的时钟已经鸣了十下，夜是很沉寂了，四周静悄悄的，大多数的人都已躺在床上找寻他们的好梦去了。但韩太太却坐在会客室里，低了头，还编结她手中的绒线衣服。当她听了钟声之后，便抬起头来，伸手按在嘴上打了一个呵欠，有些怨恨的表情，自言自语地说道：

"真是一对宝货，父子两人一个都不回来，这……还成个什么家庭呢？"

"太太，太太，外面有个姓陈的陪着少爷回来了。"

韩太太话还没有说完，忽见赵妈推门进来，低低地报告。韩太太听了，十分奇怪，放下针线，站起身子，急急地问道：

"什么？少爷为何要人家陪着回家来？难道他在外面闯了祸水吗？人在哪里？快叫他们进来吧！"

韩太太说时，早已见志铮由一个西服少年扶着进来了。一时也不及问话，就忙着把志铮扶到沙发坐下。因为志铮垂了头，闭了眼，一声不响。韩太太更加心头乱跳地问道：

"这……是怎么一回事？志铮他……他……被人打伤了吗？"

"不是的，这位是伯母吗？我是志铮的同学陈贤明。他喝醉了酒，一会儿哭，一会儿笑，一会儿骂，真有些神志不清的样子。我见他好像受了什么刺激似的，所以陪他回家来了。"

"哦！谢谢陈先生！但是，你们怎么在一处的呢？"

"吃晚饭的时候，他到我家来找我，我留他吃饭，他不肯，说有事要我到外面去商量商量。我不知道有什么事，遂和他去了。不料来到酒馆，他说请我吃晚饭，我以为他高兴，所以大家喝起酒来，但喝到后来，他醉了，他说做人很乏味，他愿意脱离家庭，他还愿意死。我弄不懂他是为了什么缘故，遂问他受了什么刺激，他也不回答，过了一会儿，便哭笑无停地吵闹，接着又呕吐起来。我真没有了办法，才把他送回家里来了。"

陈贤明这一番话听到韩太太的耳朵里，她心中已明白了大半，遂含笑向他道谢，并请他坐一会儿。贤明说时候不早，该回去了，明天再来望他。韩太太也不强留，送他走后，方才回到志铮的身旁，向他推了两推。赵妈在旁边说道：

"少爷醉得厉害，我去弄碗酱油汤来给他喝吧！"

"好的，你快去烧来。"

韩太太点头赞成，一面又把他身子连连地推动着，叫道：

"志铮，志铮，你醒醒吧，你为什么要喝得这个样子呢？我不是已经答应你爱丽霞了吗？你还有什么不称心的事情呢？竟然说愿意死，这……这……不是太糊涂的话了吗？"

"嗯！嗯！"

志铮对于母亲的话根本没有听见，他因为被母亲推动着的缘故，所以嗯嗯地响了两声。忽然他糊糊涂涂地又破口大骂道：

"哼！哼！你……还有资格做我的爸爸吗？你……竟然夺你儿子的爱人，你真是世界上一个最最无耻的东西！"

"啊！志铮，你在说什么？你在说什么？"

志铮这两句醉后的话，韩太太听了，心中是多么吃惊，忍不住"啊"的一声叫起来，遂急急地向他追问。但志铮早又不开口说话了，完全进入昏迷的状态。韩太太满腹狐疑，暗暗地猜想。志铮这话不是在骂士成吗？那么士成一定也被这白虎星迷住了，所以他们父子两人竟然角逐情场起来了。假使果然如此的话，士成这老不死简直不想活了。想到这里，一阵妒火上升，她全身顿时感到热辣辣的，恨不得此刻见了士成，就跟他拼起命来。这时赵妈把酱油汤端上，韩太太就给志铮喝了半碗。大约一刻钟后，志铮方才有些清醒的样子。他向四周望了一眼，便"咦咦"地叫起来，说道：

"我怎么已回到家里来了呢？"

"是一个姓陈的同学，把你送回家来的。志铮，你此刻觉得好一些了吗？"

韩太太暂时忍耐着满腔的怒火，向他低低地问。志铮明白了之后，又默不作答，呆呆地坐着，眼泪却滚滚地落下来了。韩太太温情地问道：

"志铮，你为什么要伤心？我不是答应你跟丽霞结婚吗？"

"妈，这真是太可恨了！"

志铮听母亲这样说，却是呜呜咽咽地哭起来了。韩太太还故作不明白的样子，奇怪地问道：

"怎么？难道丽霞不肯接受你的爱吗？"

"不！我想她未必一定会拒绝我，都是有一个人从中在破坏！"

"谁在破坏你？"

"这是梦想不到的事情，破坏我爱情的，竟是我最亲爱的爸爸！唉！我太痛心了，我还做什么人呀？"

志铮边说边泣，万念俱灰的样子。韩太太仍旧不动声色地向他低低地问道：

"你爸爸为什么要破坏你？我想他以为你娶一个瞎子做妻子，将来会得不到幸福吧！所以在你爸爸的心中，也许是一番好意。"

"爸爸要如真的是为了一番好意，那倒罢了。"

"难道还有别的缘故吗？"

"唉！妈哪会知道？"

"你告诉我，他还有一层什么用意呢？"

"我不说。"

"你为什么不说？"

"我说出来，妈一定会生气。不但生气，而且这个家庭就得发生变化了！"

"既然有着这么重大的关系，那你就更应该详细地告诉我了。"

韩太太其实心中早已明白了，所以这样假装糊涂，无非要得到一个比较确实一些的证据而已。志铮还支支吾吾地迟疑了一会儿，经韩太太再三地诘问，方才说道：

"妈，我老实地告诉你，因为爸爸他自己也爱上丽霞，所以再三地阻止我不许跟丽霞接近。"

"你这话可靠的吗?"

"是我亲眼看见,亲耳听到的,怎么会靠不住呢?爸爸为了要夺我的爱,他竟破坏我的名誉,说我是个不长进的青年,又说我是个面目丑恶、性情凶恶的青年。他是欺骗一个瞎了眼睛的姑娘,他又拿花言巧语去引诱丽霞,使丽霞柔顺地投入他的怀抱。他忘记了自己是个有妻子儿女一大群的人,他忘记了自己是个将近半百年纪的老头子了。他自私,他不顾儿子的幸福,他更不顾人家年轻少女的终身问题。他的行为,他的人格,妈,你说吧!是一个最高尚的,还是一个最卑鄙的呢?"

韩太太听了儿子这一大篇的话,气得灰白了脸色,全身瑟瑟地发抖。正在这时,士成也匆匆地回家来了。此刻韩太太见了士成,好像见了仇人一样地切齿痛恨,已顾不了什么相敬如宾的话,仿佛疯狂了似的奔了上去。不问三七二十一的,伸手在士成颊上拍一记耳光。打了还不算,接着又把他领带紧紧拉住,破口大骂起来。士成认为一个女人这样泼辣的手段,这是做丈夫的莫大侮辱,所以也十分愤怒,向她大喝道:

"什么?你……发疯了!你敢动手打我吗?"

"不但该打,而且该杀,我恨不得咬你几口,方才出了我的怨气!"

"奇怪,为什么你要这样恨我呢?"

士成见韩太太并无稍减怒火,反而扑上来要咬自己脸颊的样子,心中这才急了,连忙以手抵住了她的嘴,一面软化下来,轻声地问。韩太太回头向志铮望了一眼,大声说道:

"志铮，快快站起来宣布这个不要脸的罪恶吧！"

"是，母亲，爸爸夺我的爱人，他爱上了这个丽霞姑娘！"

志铮被父母这样一闹，他的人有些清楚起来。因为有母亲在他身后撑腰，所以大了胆子，立刻朗朗地回答。士成虽然是害怕得有些心跳，但表面上却竭力镇静着态度，顿着两脚，大喝道：

"胡说！放屁！你这逆子！你敢是吃了豹子胆！你简直可杀！"

"一人做事一人当，爸爸，你……不用赖了，你抱住了丽霞，曾经亲过她的面孔！"

韩太太听儿子说出这个秘密，一时妒火中烧，大叫一声，接着又是一记耳光，同时把头向士成撞去，放声大哭大骂起来。士成待欲挣扎，但韩太太死命地不放手，只好哭笑不得地说道：

"太太，太太，你别闹，你别闹呀！半夜三更，成什么体统呢？"

"什么体统？问你呀！一个四十六岁的人了，还色迷迷地去引诱一个十六七岁的姑娘，这成什么体统呢？"

"引诱？这话打哪儿说起？其实我和丽霞原是一种最纯洁的友爱。完全是一种毫无追求性的爱，是伟大而崇高的！"

"放屁！放屁！你要死了！你……真的爱上了她吗？那你把我怎样安排？你到底要大家死，还是大家活呀？"

"我们又不是生活过不下去了，为什么要死呢？"

"你要大家活下去，那么你得跟丽霞断绝往来。"

"这又何必呢？我们也没有干什么违背天良的事情，无非彼此有个互助罢了！"

“好！好！你……不肯死这条心吗？我……先死给你看，让你可以把这个白虎星带进门来，过快快乐乐的日子！”

韩太太一面哭，一面闹，觉得最后的一个办法，只有拿死威胁他了，于是放下了士成，预备一头向壁上撞过去。站在旁边的志铮和赵妈早已抢步上前，抱住了韩太太，连说使不得。韩太太觉得没有一个落场势，心生一计，还是拿东西来做出气筒。于是回身走到桌边，把桌子上茶杯茶壶，乒乒乓乓地摔了一地，打得粉碎。士成有些肉痛，只好走上去拉住了她，赔着笑脸说道：

“好了，好了，有话总可以商量，何苦发那么大的脾气呢？时候不早，吵得全家都不安神，也太犯不着了！”

“全家不安又算得了什么？就是全上海全中国不安静，我也不管。我现在问你，你到底预备跟丽霞断绝不断绝？”

“断绝就断绝，那是毫无进出问题的。太太，算了吧！我们几十年夫妻了，从来没有像今天那么吵闹过呢！太没有意思了。”

“谁没有意思？”

“是我，哎哎！是我……唉！真累得很，我要休息一下了。”

韩太太那副凶恶的表情，使士成又吃了一惊，慌忙低声下气连连承认，一面叹息，一面打呵欠，一面回到卧房内去了。韩太太方才向志铮安慰了一番，叫赵妈伴少爷来睡觉，她自己也走到卧房来。只见士成正在脱衣服，预备安寝了。但韩太太却拉住了他，冷笑道：

“你预备睡了吗？”

“不睡做什么？”

“给我坐到写字台旁去！”

韩太太命令似的说，士成呆呆地望着她出神，不知道她又是什么意思。但韩太太早已用强迫手段，把他逼到写字台旁坐下，说道：

"拿出你的纸笔来……"

"做什么用？"

"我说你写。"

"有什么可写呢？好太太，别闹什么花样了，我们睡吧！"

士成这才明白她是为了要拿自己凭证的手段，这就蹙了眉毛，显现了那副尴尬面孔回答。韩太太把一柄小刀，放在士成面前，铁青了脸说道：

"你不写，我就自杀，我死了之后，你也难逃法网。"

"好，好，我写，我写好了。"

士成有些害怕，望着那柄亮闪闪的小刀，委委屈屈地回答，一面提了笔，一面静候她的吩咐。韩太太一本正经地念道：

"立悔过书人韩士成。"

"怎么？我……我……又没有什么不端的行为，干吗要悔过呢？"

"你冤枉吗？好！我就死！"

韩太太不由分说，立刻伸手去拿台子上的那柄亮闪闪小刀。急得士成慌忙按住她的手，涨红了两颊，口吃着道：

"好，好，我准定写吧！但……"

"但什么？又有变化吗？"

"不是变化，我写'悔过书'三字太不雅，最好换一个名目好不好？"

"你自己做了好事，才有这不雅的名目，你还要挣什么面子？爽爽快快的，你到底写不写呢？"

士成知道今夜是逃不过了，遂咬着牙齿，说了一句"我写"，表示痛恨万分的神气。韩太太继续念下去道：

"立悔过书人韩士成，今因行为失检，引诱少女，开罪发妻韩李芝琴，致令发妻提出离婚要求，经士成再三叩头哀恳……"

士成写到这里，实在有些写不下去，摇摇头，叹了一口气。韩太太连连催促，并又朗朗地像法官判决罪犯般地念道：

"芝琴慈悲为怀，始允士成悔过自新，收回离婚要求，继续负妻子责任。维为保障妻权起见，经双方同意议定下列规约数条，士成誓死遵守。上帝明察，神明共鉴，士成若违反前言，必天诛地灭，打入十八层阿鼻地狱，永世不得为人。欲后有凭，特立此悔过书存照……"

"太太，慢慢再念吧！我手有些酸了，歇歇再写吧！"

"哼！才写了两百个字还不到，就手酸了吗？我问你，你怎么改学生的卷子？快写，快写。"

"其实呢？已经都写上了，还有什么可写呢？"

"听着，附开条件数则如下：第一，不得与异性交谈、拉手、正视，及其他能引起不正当关系之行动；第二，不得与异性传递信札或便条；第三，宴会时不得与异性同席；第四，往商店购物，不得与异性职员交易；第五，有病入医院医治，不得让女看护服侍；第六，坐电车或公共汽车时，左右二旁女乘客者，不得插入其间就坐；第七，不得入有女招待之咖啡馆及菜馆；第八，行人道上有女子步行者，须到马路中行走；第九，不得与家中女佣说话；第十……"

"哦！我的好太太！够了，够了，照你这样说起来，我简直要和你分床睡了。"

"这是什么话？妻子例外的，不在被禁之内。"

"那么我能不能和女儿谈话呢？"

"志群还只有十四岁，马马虎虎准汝谈话，第十条就这样写吧！不能与十六岁以上的女儿谈话。"

士成听了，含了苦笑，只好都照样地写上了，问她还有什么第十一条没有，韩太太想了良久，方才回说没有了。她把这张悔过书从头念了一遍，觉无错误，方才很满意地收藏起来。这晚待他们睡觉的时候，却已经子夜三点光景了。

第二天没有太阳，而且还落着微微的细雨。下午三时的时候，韩太太叫士成不许出外，在家教授孩子们的书本。她自己坐在沙发上编织绒线衣服，志铮却站在窗口旁，望着千丝万缕的雨点儿，呆呆地出神。室中是静悄悄的，只有孩子们朗朗读书的声音，在空气中流动。

正这时，忽见林小姐陪伴着丽霞匆匆地到来了。士成、志铮、韩太太三个人一见，大家不约而同地站起身子，"啊"的一声叫了出来。瑞贞先含笑说道：

"韩先生，你们快瞧丽霞的两眼已经看得见了。"

"真的吗？想不到竟好得那么快，真是谢天谢地。丽霞，我代你太欢喜了！"

士成这时早又忘记了昨夜写的那张悔过书了，离开桌边，含笑迎上去，预备和丽霞握手的样子。但韩太太却大吼一声，抢步

162

上前，将士成身子狠命拉开，同时向丽霞啐了一口，破口大骂着说道：

"你这个白虎星还有什么脸再到我家来呢？为了你，害得他们父子两人失魂落魄，一个忘记了这一把年纪和已有妻子儿女一大群了，一个是疯疯癫癫的成天喝酒呀、奔跑呀！好像是溜了缰的马儿一样发了疯。你不是害人太甚吗？亏你这不要脸的贱人，年轻的小伙子不喜欢，竟偏偏爱上这个老头子，难道你愿意给他做小老婆吗？你现在眼睛亮了，那更好了，你瞧瞧他这个老不死，你愿意爱他吗？你说，你说呀！"

丽霞被韩太太这顿大骂，还弄得丈二和尚摸不着头脑的样子，一时向士成望望，又向志铮望望，也不晓得谁是士成，谁是志铮。因为志铮那副白净而俊美的脸，当然引起她的可爱。这就丢了士成，急奔志铮身旁来，叫道：

"韩先生，你……"

"叫错了，我是志铮，韩先生就是他，他是我的爸爸，你爱的也是他。我向你求婚，你不是拒绝了我吗？"

志铮不等她说下去，就向她淡淡地解释回答，显然他心头是无限的怨恨。丽霞这才恍然大悟了，她的粉脸顿时变成了惨白的颜色。这时瑞贞也完全地明白了，知道他们父子两人竟在闹着三角恋爱，一时也暗暗地恨起士成来，觉得士成这样大的年纪，未免是太不应该了。但回头见丽霞的身子，却摇了两摇，扑的一声，昏倒在地上了。士成慌忙要去搀扶，被韩太太大喝一声阻止了。志铮见她昏倒在地，心中明白她多少有些悔恨的意思，很不忍心，立刻奔到丽霞身旁，把她抱在怀内，连声叫她醒来。士成似乎对于志铮抱着丽霞还有一些醋意的成分，几次想要走上去，都被韩太太拦住了。韩太太还把士成拉到沙发上坐下，恶狠狠地瞪着眼，完全有监视的意思。林瑞贞这时已倒了一杯开水，走到丽霞身边，给她灌了两口茶，丽霞"哎"了一声，方才悠悠地醒转。她望了志铮一眼，泪水流了下来，慢慢地站起身子，满面显出痛苦的表情，说道：

"我理想是错了，我以为睁开眼来，见到世界上的一切，那是更幸福更美丽的。但现在完全相反，闭着眼睛的世界和开着眼睛的世界，完全是不相同的。唉！这世界是多么势利，多么卑鄙，多么痛苦，多么可怕呀！从前，我一切都蒙在鼓里，什么全都凭一种信仰而作为标准，可是，我没有想到有人会这样欺骗我、捉弄我，为了他的私欲，而把我哄得像一头小绵羊那么驯服。然而现在呢，我是有了眼睛，你们再来骗我，我也可以拿事实来分辨了！眼睛是多么残酷的东西，我在医院里一张开了眼，就见到惨白面色皱着眉头熬着痛苦的病人，一个是跌断腿的，还流着鲜红的血，一个是锯断了臂的，满口里大叫着痛苦。忽然我又听到了枪声，我跑到窗口一见，原来马路上在捕捉强盗，打伤了许多人，躺在路上流血了。我真看得怕极了，于是我有些懊悔不该睁开眼睛来，还是让我一辈子不看见干净。现在到了这里，我一见到韩先生苍老的脸和志铮那么俊美的脸，我心中更惨痛了。唉！这黑暗的世界，这私利的人心，我……实在太痛心了！志铮，我对不起你，我今生只好对不起你了！"

丽霞说完了这两句话，还连连地喘着，一面别转身子，一面头也不回地向外直奔了。志铮竟完全原谅她了，他可怜丽霞的盲目，他更可恨父亲的自私，所以他在见到丽霞向外奔的时候，也没命似的赶了上去，而且口中还大叫着丽霞。

这时的风雨更大了，丽霞心头因为受了极度的刺激，所以神志有些疯狂的成分。她奔在马路上，有些昏沉沉的，因此前面虽然有汽车驶来，她也不避让了，反而冲撞了上去。这情形瞧在后面追奔出来的志铮的眼睛里，他是多么焦急，忍不住没命般地大喊"当心当心！"但说时迟，那时快，丽霞的身子早已倒在汽车旁的血泊里了。

在克伦医院里，丽霞的生命在延迟到最后几分钟的时候，她两眼望着病床旁的士成和志铮，他们父子都在流着泪，于是断断续续地向士成说道：

"韩先生，请你原谅我，我知道你爱我，所以才这样欺骗我。虽然我也爱你，不过我爱的人不会是像你那么一个苍老的人。这在我闭着眼睛的时候，我一点儿也不明白，不知道，所以我也深深地爱着你，使你为我有些失魂落魄的，害得你们家庭不睦，夫妻反目，父子争吵，这些我觉得都是我的罪恶。"

"不！丽霞，你没有错，这完全是我的罪恶，我……太无耻了，我太对不住你了。"

"我不应该爱你，我更不应该让你来爱我，所以这不能说完全是你的责任，这是我盲目者的不幸……"

丽霞说到这里，已经上气不接下气，满面显出痛苦的样子。士成掩着脸，几乎已经是哭出声音来了。这时丽霞向志铮又低低地说道：

"志铮，我最最对不起的就是你，我闭着眼睛的时候，哪知道你是这么多情，这么痴心！你是这么俊美，这么年轻！我悔恨，但可怜的，我是一个盲目者，虽然，我现在是死了，不过我会永永远远地记住你的爱。临死的时候，我要劝你几句话，你是一个年轻人，不要为了我一个渺小的人而难过。你应该为你的前途而奋发，我希望你成一个大法学家，将来给社会创造幸福！"

"丽霞，你会好起来，医生一定会救你，我愿意跟你共同地活下去！"

"不中用了，我已活不了，天不让我活下去！志铮，我……爱……你！"

丽霞说完了这最后的一句话，眼皮慢慢地合上去了。她脸上含了一丝苦笑，两行眼泪，便像蛇行似的爬了下来，士成哭了，志铮也伏尸大哭起来。

黄昏降临了宇宙，四周呈现出一片昏暗。

雨没有停，风还在刮。

世界是永远的黑暗，永远的悲惨！

附　录

从鸳鸯蝴蝶派谈到冯玉奇小说

裴效维

《民国通俗小说典藏文库·冯玉奇卷》将收录冯玉奇的百余种小说作品，此举极其不易。现在，我愿以这篇文章给出版者呐喊助威。尽管我人微言轻，但我毕竟是一个中国文学的研究者，为鸳鸯蝴蝶派说些公道话是我的责任。

冯玉奇是一位鸳鸯蝴蝶派作家，因此我们要想了解冯玉奇，必须首先厘清有关鸳鸯蝴蝶派的一些问题。

一、何谓鸳鸯蝴蝶派

鸳鸯蝴蝶派作家平襟亚在《关于鸳鸯蝴蝶派》（署名宁远）一文中对鸳鸯蝴蝶派的来历说得很清楚：

鸳鸯蝴蝶派的名称是由群众起出来的，因为那些作品中常写爱情故事，离不开"卅六鸳鸯同命鸟，一双蝴蝶可怜虫"的范围，因而公赠了这个佳名。

——载香港《大公报》1960 年 7 月 20 日

可见鸳鸯蝴蝶派并不是一个有组织有宗旨的小说流派，而是因为当时流行的言情小说多写一对对恋人或夫妻如同鸳鸯蝴蝶般相亲相爱，形影不离，因而民间用鸳鸯蝴蝶小说来比喻这种言情小说，那么这种言情小说的作家群当然也就是鸳鸯蝴蝶派了。这种说法应该是可信的，因为民间常用鸳鸯和蝴蝶来比喻恋人或夫妻，很多民间文学作品中不乏其例。这一比喻非常形象生动，但并无褒贬之意，因此不胫而走。

传到新文学家那里，便加以利用，并赋予贬义，作为贬低对手的武器。但新文学家对鸳鸯蝴蝶派的界定并不一致，大致有两种看法。

一种看法认同民间的比喻说法，即将鸳鸯蝴蝶派小说局限为通俗小说中的言情小说，将鸳鸯蝴蝶派局限为言情小说作家群。鲁迅是这种看法的代表，他在 1922 年所写的《所谓"国学"》一文中说："洋场上的文豪又作了几篇鸳鸯蝴蝶派体小说出版"，其内容无非是"'卿卿我我''蝴蝶鸳鸯'"（载《晨报副刊》1922 年 10 月 4 日）。又于 1931 年 8 月 12 日在社会科学研究会做了《上海文艺之一瞥》的长篇演讲，其中对鸳鸯蝴蝶派小说更做了形象而精辟的概括：

这时新的才子＋佳人小说便又流行起来，但佳人已是良家女子了，和才子相悦相恋，分拆不开，柳阴花下，像一对蝴蝶、一双鸳鸯一样。

——连载于《文艺新闻》第 20、21 期

此外，周作人、钱玄同也持这种看法。周作人于 1918 年 4 月 19 日在北京大学文科研究所小说研究会做《日本近三十年小说之发达》的演讲中，就说现代中国小说"还有《玉梨魂》派的鸳鸯蝴蝶体"（载《新青年》第 5 卷第 1 号）。次年 2 月，周作人又发表《中国小说里的男女问题》（署名仲密）一文，认为"近时流行的《玉梨魂》，虽文章很是肉麻，（却）为鸳鸯蝴蝶派小说的鼻祖"（载《每周评论》第 5 卷第 7 号）。与周作人差不多同时，钱玄同在 1919 年 1 月 9 日所写的《"黑幕"书》一文中也说："人人皆知'黑幕'书为一种不正当之书籍，其实与'黑幕'同类之书籍正复不少，如《艳情尺牍》《香闺韵语》及'鸳鸯蝴蝶派小说'等等皆是。"（载《新青年》第 6 卷第 1 号）这种看法后来被人称之为"狭义的鸳鸯蝴蝶派"看法。

另一种看法却将鸳鸯蝴蝶派无限扩大，认为民国年间新文学派之外的所有通俗小说作家都是鸳鸯蝴蝶派，他们的所有通俗小说都是鸳鸯蝴蝶派小说。这种看法的代表人物是瞿秋白和茅盾。瞿秋白从小说的内容方面来扩大鸳鸯蝴蝶派小说的范围，他在《财神还是反财神》一文中说，"什么武侠，什么神怪，什么侦探，什么言情，什么历史，什么家庭"小说，都是鸳鸯蝴蝶派小说（见人民文学出版社 1953 年 10 月版《瞿秋白文集》）。茅盾则

171

从小说的形式方面来扩大鸳鸯蝴蝶派小说的范围，他在《自然主义与中国现代小说》一文中认定鸳鸯蝴蝶派小说包括"旧式章回体的长篇小说""不分章回的旧式小说""中西合璧的旧式小说""文言白话都有"的短篇小说（载1922年7月《小说月报》第13卷第7号）。这种看法后来被人称之为"广义的鸳鸯蝴蝶派"看法，而且逐渐成为主流看法，以致后来的文学研究者都接受了这种看法。

新文学家不仅在鸳鸯蝴蝶派的界定问题上分成了两派，而且在鸳鸯蝴蝶派的名称上也花样百出。如罗家伦因为徐枕亚等人好用四六句的文言写小说，便称其为"滥调四六派"（见署名志希的《今日中国之小说界》，载1919年《新潮》第1卷第1号），但无人响应。郑振铎因为《礼拜六》杂志为鸳鸯蝴蝶派的主要刊物之一，便称其为"礼拜六派"（见署名西谛的《新文学观的建设》一文，载1922年5月21日《文学旬刊》第38号）。这一说法得到了周作人、茅盾、瞿秋白、朱自清、阿英、冯至、楼适夷等人的响应，纷纷采用，以致使用频率越来越高，知名度越来越大，终于成为鸳鸯蝴蝶派的别称了。于是"鸳鸯蝴蝶派"和"礼拜六派"两个名称便被新文学家所滥用。如郑振铎在《新文学观的建设》一文中称"礼拜六派"，而在《〈文学论争集〉导言》一文中却称"鸳鸯蝴蝶派"（见上海良友图书公司1935年10月出版的《新文学大系·文学论争集》卷首）。还有人在同一篇文章里既称鸳鸯蝴蝶派，又称礼拜六派。如阿英在1932年所写的《上海事变与鸳鸯蝴蝶派文艺》一文中说：张恨水的所谓"国难小说"，与"礼拜六派的作品一样，是鸳鸯蝴蝶派的一体"，"充分地说明了鸳鸯蝴蝶派的作家的本色而已"（见上海合众书店1933 年 6 月出版的《现代中国文学论》）。

茅盾在 20 世纪 70 年代觉得统称鸳鸯蝴蝶派或礼拜六派都不合适，于是提出了一个折中的看法，他在《紧张而复杂的生活、学习与斗争（上）——回忆录（四）》中说：

> 我以为在"五四"以前，"鸳鸯蝴蝶派"这名称对这一派人是适用的。……但在"五四"以后，这一派中有不少人也来"赶潮流"了，他们不再老是某生某女，而居然写家庭冲突，甚至写劳动人民的悲惨生活了，因此，如果用他们那一派最老的刊物《礼拜六》来称呼他们，较为合式。

——载 1979 年 8 月《新文学史料》第 4 辑

事实是该派在"五四"前后没有根本变化，都是既写言情小说，又写其他小说，将其人为地腰斩为两段，既显得武断，又无法掩盖当时的混乱看法。

这些混乱的看法导致后来的文学研究者无所适从：或沿用"鸳鸯蝴蝶派"的说法（如北大本《中国文学史》和《中国小说史稿》、复旦本《中国文学史》和《中国近代文学史稿》等）；或沿用"礼拜六派"的说法（如山东师院本《中国现代文学史》等）；或干脆别出心裁地称之为"鸳鸯蝴蝶—礼拜六派"（见汤哲声《鸳鸯蝴蝶—礼拜六小说观念的价值取向及其评价》，载《苏州大学学报》1992 年第 2 期）。这可真算是中国小说史上的一出有趣的滑稽戏了。

二、如何评价鸳鸯蝴蝶派

鸳鸯蝴蝶派的开山作品是 1900 年陈蝶仙的言情小说《泪珠缘》，因此鸳鸯蝴蝶派应该是指言情小说派，这也就是后来的所谓“狭义的鸳鸯蝴蝶派”，但被新文学家扩大为“广义的鸳鸯蝴蝶派”，实际上也就是民国通俗小说派。

鸳鸯蝴蝶派与同时期的“南社”不同，既没有组织，也没有纲领，而是一个在思想倾向和艺术风格上大体相同或相近的小说流派，连“鸳鸯蝴蝶派”这一招牌也是别人强加给它的。然而客观地说，鸳鸯蝴蝶派确实是一个产生过巨大影响的小说流派。在“五四”以前的近二十年间，它几乎独占了中国文坛；在“五四”以后的三十年间，虽然产生了新文学，但新文学只是表面上风光，而鸳鸯蝴蝶派却一派兴旺发达景象。我对“广义的鸳鸯蝴蝶派”做过不完全的统计：该派作家达数百人，较著名者有一百余人，所办刊物、小报和大报副刊仅在上海就有三百四十种，所著中长篇小说两千多种，至于短篇小说、笔记等更难以计数。在此前的中国文学史上，还没有哪个文学流派有过如此宏大的规模，产生过如此巨大的影响。

鸳鸯蝴蝶派由于规模宏大，又处在历史的一个巨变时期，其成员的确鱼龙混杂，其作品也良莠不齐，但总体来说，它形象地记录了中国二十世纪前五十年的历史，为中国读者提供了丰富的精神食粮，对中国小说的传承起过积极作用，因此应该给予充分的肯定。

鸳鸯蝴蝶派小说已经不是中国传统通俗小说的复制，而是一种改良的通俗小说。在形式方面，它既采用章回体，也采用非章回体，甚至采用了西洋小说的日记体、书信体等，至于侦探小说则更是完全模仿自西洋小说。在艺术手法方面，受西洋小说的影响非常明显，如增加了人物形象和景物描写，结构与叙事方式也趋于多样化，单线和复线结构并用，第三人称和第一人称叙述法兼施，还采用了倒叙法和补叙法。在内容方面，鸳鸯蝴蝶派小说已经扩大了描写范围，反映了当时社会生活的各个方面，甚至已经紧跟时事，及时反映当前的社会现实，被称为"时事小说"。如李涵秋的《广陵潮》描写辛亥革命，而他的《战地莺花录》则描写五四运动，这种及时反映当时发生的重大政治事件的小说，与多写历史故事的古代小说完全不同，显然是一大进步。鸳鸯蝴蝶派的言情小说，也不同于古代的才子佳人小说，而是一种新才子佳人小说。古代的才子佳人小说因面对森严的封建礼教，只能写才子与佳人偶尔一见钟情，以眉目传情或诗书传情的方式进行交流，最后皆是有情人终成眷属的大团圆结局。而这种大团圆结局完全是人为的：或出于巧合，或由于才子金榜题名，皇帝御赐完婚，这就完全回避了封建包办婚姻的问题。而民国年间的封建礼教已经在一定程度上松绑，尤其像上海、北京等大城市得风气之先，恋爱自由和婚姻自主思想已经渐入人心。因此有些鸳鸯蝴蝶派的言情小说也突破了古代才子佳人小说的窠臼，才子佳人已经敢于"相悦相恋，分拆不开，柳阴花下，像一对蝴蝶、一双鸳鸯一样"。其结局也不再全是有情人终成眷属的大团圆，而是"有时因为严亲，或者因为薄命，也竟至于偶见悲剧的结局……这实在不能不说是一个大进步"（鲁迅《上海文艺之一瞥》，连载于1931年7月27日、8月3日《文艺新闻》第20、21期）。言情小说由大团圆结局到悲剧结局的确是一个大进步，因为前者是回避封建包办婚姻礼制，而后者是控诉封建包办婚姻礼制。而这一进步的开创者是曹雪芹和高鹗，他们在《红楼梦》里所写的婚姻差不多都是悲剧。因此胡适称赞《红楼梦》不仅把一个个人物"都写作悲剧的下场"，而且最后"作一个大悲剧的结束，打破了中国小说的团圆迷信"（《〈红楼梦〉考证》，见1923年亚东图书馆版《胡适文存》）。可见鸳鸯蝴蝶派的言情小说在一定程度上继承了《红楼梦》开创的爱情婚姻悲剧模式，因而具有相当的反封建意义。我们可以徐枕亚的《玉梨魂》为例加以说明，因为该小说被新文学家指为鸳鸯蝴蝶派的代表性作品。

《玉梨魂》的故事很简单——清末宣统年间，小学教员何梦霞与年轻寡妇白梨影相爱，但两人均认为他们的这种行为是不道德的。为了得到感情的解脱，白梨影想出个"移花接木"的办法，即撮合何梦霞与自己的小姑崔筠倩订了婚。然而何梦霞既不能移情于崔筠倩，白梨影也无法忘情于何梦霞，结果造成了一连串的悲剧——白梨影在爱情与道德的激烈冲突下郁郁而死；崔筠倩因得不到何梦霞之爱而离开了人世；白梨影的公公因感伤女儿、儿媳之死而一病身亡；白梨影的十岁儿子鹏郎成了孤儿。何梦霞为排遣苦闷，先赴日本留学，继又回国参加了辛亥武昌起义（即辛亥革命），壮烈牺牲。

《玉梨魂》不仅描写了一个爱情婚姻悲剧，而且不同于一般的爱情婚姻悲剧。一般的爱情婚姻悲剧都是由封建势力造成的，即由包办婚姻造成的；而《玉梨魂》所写的爱情婚姻悲剧，其原因却是何梦霞和白梨影自身的封建道德。他们既渴望获得恋爱自由和婚姻自主的权利，又不能摆脱封建道德和封建礼教的束缚，两者激烈冲突，造成三死一孤的惨剧。从而揭露了封建道德和封建礼教的影响力是多么巨大，它已深入人们的骨髓，使其不能自拔。因此，它的反封建意义比一般的爱情婚姻悲剧更为深刻。

其实，新文学阵营也不是铁板一块，虽然大多数新文学家对鸳鸯蝴蝶派全盘否定，但也有少数新文学家态度比较客观，他们对鸳鸯蝴蝶派也给予一定的肯定。鲁迅是其中最突出的一位，他不仅认为某些鸳鸯蝴蝶派的悲剧言情小说是"一大进步"，而且不同意某些新文学家对鸳鸯蝴蝶派消极影响的夸大其词。他说：

> 至于说他流毒中国的青年，那似乎是过虑。倘有人能为这类小说所害，则即使没有这类东西也还是废物，无从挽救的。与社会，尤其不相干，气类相同的鼓词和唱本，国内非常多，品格也相像，所以这些作品也再不能"火上添油"，使中国人堕落得更厉害了。
>
> ——《关于〈小说世界〉》，载《晨报副刊》
> 1923 年 1 月 15 日

这种客观的观点与前述周作人无限夸大鸳鸯蝴蝶派作品能使国民生活陷入"完全动物的状态"乃至"非动物的状态"的观点形成了鲜明对比。当抗日战争爆发后，鲁迅更提倡文学界的抗日统一战线，主张团结鸳鸯蝴蝶派一起抗日。他说：

> 我以为文艺家在抗日问题上的联合是无条件的，只要他不是汉奸，愿意或赞成抗日，则不论叫哥哥妹妹、之乎者也，或鸳鸯蝴蝶都无妨。但在文学问题上我们仍可以互相批判。

> ——《答徐懋庸并关于抗日统一战线问题》，
> 载《作家》月刊第 1 卷第 5 期

鲁迅不仅提倡团结鸳鸯蝴蝶派一起抗日，而且主张新文学派与鸳鸯蝴蝶派在文学问题上"互相批判"，这种平等对待鸳鸯蝴蝶派的度量，也与那些视鸳鸯蝴蝶派如寇仇，必欲置诸死地而后快的新文学家形成了鲜明对比。

对鸳鸯蝴蝶派给予肯定的不只鲁迅，还有朱自清和茅盾。朱自清认为供人娱乐是中国传统小说的特点，因此不赞成将"消遣"作为罪状来批判鸳鸯蝴蝶派小说。他说：

> 在中国文学的传统里，小说……更是小道中的小道，就因为是消遣的，不严肃。不严肃也就是不正经，小说通常称为"闲书"，不是正经书。……鸳鸯蝴蝶

的小说意在供人们茶余酒后的消遣，倒是中国小说的正宗。

——《论严肃》，载《中国作家》创刊号

茅盾也承认鸳鸯蝴蝶派小说也"写家庭冲突，甚至写劳动人民的悲惨生活"。他还从艺术性方面对鸳鸯蝴蝶派小说给予一定肯定。他认为鸳鸯蝴蝶派的有些长篇小说"采用西洋小说的布局法"，如倒叙法、补叙法，以及人物出场免去套语、故事叙述"戛然收住"等等，这一切是对"旧章回体小说布局法的革命"。还认为鸳鸯蝴蝶派的有些短篇小说学习了西洋短篇小说"截取一段人生来描写，而人生的全体因之以见"的方法："叙述一段人事，可以无头无尾；出场一个人物，可以不细叙家世；书中人物可以只有一人；书中情节可以简至只是一段回忆。……能够学到这一层的，比起一头死钻在旧章回体小说的圈子里的人，自然要高出几倍。"（《自然主义与中国现代小说》，载1922年7月10日《小说月报》第13卷第7号）

鲁迅、朱自清、茅盾毕竟属于新文学派，因此他们对鸳鸯蝴蝶派的肯定是有限的。我们应该摆脱成见与束缚，从中国文学史的角度，对鸳鸯蝴蝶派做出客观公正的评价。

三、如何看待冯玉奇的小说

我们澄清了以上有关鸳鸯蝴蝶派的三个问题，等于为介绍冯玉奇的小说提供了一个坐标，也等于为读者提供了一把参照标尺。读者用这把标尺，就可自行评判冯玉奇的小说了。

冯玉奇于 1918 年左右生于浙江慈溪，笔名左明生、海上先觉楼、先觉楼，曾署名慈水冯玉奇、四明冯玉奇、海上冯玉奇。据说他毕业于浙江大学（一说复旦大学）。1937 年九一八事变后寄居上海，感山河破碎，国事蜩螗，开始写作小说以抒怀。其处女作为《解语花》，由上海春明书店出版。出版后旋即由东方书场改编为同名话剧，演出后轰动一时。那时他才十九岁。由此一发而不可收，至 1949 年 7 月《花落谁家》出版，在短短十来年时间里，他创作的小说竟达一百九十多种，平均每年近二十种，总篇幅应该不少于三千万字，只能用"神速"来形容。这时他只有三十一岁。近现代文学史料专家魏绍昌先生（已去世）所编《鸳鸯蝴蝶派研究资料（史料部分）》（上海文艺出版社 1962 年 10 月出版）开列的《冯玉奇作品》目录只有一百七十二种，也有遗珠之憾。不过我们从这一目录中仍可确定冯玉奇是一位以写言情小说为主的通俗小说作家，因为在一百七十二种小说中，言情小说占有一百二十二种，其他小说只有五十种：社会小说三十四种、武侠小说十四种、侦探小说两种。

冯玉奇不仅是一位写作神速且极为多产的通俗小说作家，还是一位热心的剧作家和剧务工作者。早在他二十六岁（1944 年）时，就担任了越剧名伶袁雪芬的雪声剧团的剧务，并为之创作了《雁南归》《红粉金戈》《太平天国》《有情人》《孝女复仇》五大剧本，演出效果全都甚佳。在他二十七到二十八岁（1945～1946）时，又与他人合作，前后为全香剧团和天红剧团编导了

《小妹妹》《遗产恨》《飘零泪》《义薄云天》《流亡曲》等二十多个剧本，演出效果同样甚佳。可见冯玉奇至少写过十几个剧本。

冯玉奇一生所写的小说和剧本总计不下两百五十种，总篇幅可能达到四千万字以上，是名副其实的"著作等身"，是当之无愧的中国最多产的作家，号称多产的同派小说家张恨水也难望其项背。当时的文学作品已是一种特殊商品，冯玉奇的小说如此畅销，其剧本演出又如此轰动，这足可以证明其受人欢迎，这就是读者和观众对冯玉奇的评价，它比专家的评价更为准确，也更为重要。遗憾的是，我们无法看到他的剧作和三十岁以后的作品，也不知其晚景如何，卒于何年。

从冯玉奇的生活年代和创作时段来看，他显然是鸳鸯蝴蝶派的后起之秀，所以尽管他作品如此之多，影响如此之大，而同派的老前辈却很少提到他，这也是"文人相轻"的表现之一。

按说要介绍冯玉奇的小说，应该将其全部小说阅读一遍，但我没有这么多时间，也没有这么大精力，因而只向中国文史出版社借阅了《舞宫春艳》《小红楼》《百合花开》三种，全都是言情小说。因此我只能以这三种言情小说为例加以介绍，这可能会犯以偏概全的错误，因此只能供读者参考。

《舞宫春艳》写了两个纠缠在一起的爱情婚姻悲剧故事：苏州富家子秦可玉自幼与邻居豆腐坊之女李慧娟相恋，由于门第悬殊，秦可玉被其父禁锢，二人难圆成婚之梦。不幸李慧娟生下了一个私生女鹃儿，只好遗弃，自己则郁郁而死。鹃儿被无赖李三子收养，长大后卖到上海做伴舞女郎，改名卷耳。中学生唐小棣先是爱上了姑夫秦可玉家的婢女叶小红，不料叶小红失踪，于是移情于卷耳，但无钱为卷耳赎身，两人感到婚姻无望，于是双双吞鸦片自尽。

《小红楼》的故事紧接《舞宫春艳》：曾经被唐小棣爱过的叶小红的失踪，原来也是被无赖李三子拐卖为伴舞女郎，小棣、卷耳自杀后，小红才被救了回来，并被秦可玉认为义女。经苏雨田介绍，与辛石秋相识相恋而订婚。同时石秋的姨表妹巢爱吾也爱石秋，但石秋既与小红订婚在先，便毅然与小红结婚。爱吾为了摆脱难堪的地位，离家出走，下落不明。石秋奉父命赴北平探望二哥雁秋，在火车站被人诬陷私带军火，被军人押到司令部。可巧爱吾此时已成为张司令的干女儿兼秘书，便设法救了石秋一命。但张司令强迫石秋与爱吾结婚，二人既不敢违命，又固守道德，便以假夫妻应付。后来石秋回到家里，终于与小红团聚。

《百合花开》写了两个紧密相关的爱情婚姻故事：二十岁的寡妇花如兰同时被四十二岁的教育家盖季常和十八岁的革命青年盖雨龙叔侄俩所爱，而盖季常的十六岁侄女盖云仙又同时被三十六岁的银行家杨如仁和十九岁的革命青年杨梦花父子俩所爱。经过许多曲折后，终于两位长辈让步，盖雨龙与花如兰、杨梦花与盖云仙同场结婚。

由以上简单介绍可知，冯玉奇的这三种小说共写了五个爱情婚姻故事，其中两个是悲剧结局，三个是有情人终成眷属。这正如鲁迅所说："有时因为严亲，或者因为薄命，也竟至于偶见悲剧的结局……这实在不能不说是一个大进步。"其次，这三种小说的五个爱情婚姻故事，倒有四个是三角爱情婚姻故事，但它们的情况并不雷同。唐小棣、叶小红、卷耳的三角恋是一男爱二女，辛石秋、叶小红、巢爱吾的三角恋是两女爱一男，而盖季常、盖雨龙、花如兰和杨如仁、杨梦花、盖云仙的三角恋更为异想天开，竟然都是两辈嫡亲男人（叔侄、父子）同爱一个女子。可见冯玉奇极有编故事的才能，从而使作品更具吸引力和娱乐性。又次，这三种言情小说的描写极为干净，没有任何色情描写。除了秦可玉与李慧娟有私生女外，其他人都非礼勿言，非礼勿行。如辛石秋与叶小红因婚礼当天石秋之母去世，为了守孝，新婚夫妻在百日之内没有圆房。而辛石秋与姨表妹巢爱吾为了对得起叶小红，虽被张司令强迫成亲，却只做了几天假夫妻。

从表现形式和艺术手法来看，我觉得冯玉奇的小说与当时新文学的新小说都受了西洋小说的影响，基本相同。譬如：两者都突破了传统小说书名的套路，不拘一格，尤其采用了一字书名和二字书名，如冯玉奇有《罪》《孽》《恨》《血》和《歧途》《逃婚》《情奔》等；而巴金有《家》《春》《秋》，茅盾有《幻灭》《动摇》《追求》。两者的对话方式也突破了传统小说的套路，灵活自如：对话既可置于说话者之后，也可置于说话者之前，还可将说话者夹在两句或两段话之间。至于小说的结构法、叙述法与描写法，更是差不多的。譬如人物描写不再是"沉鱼落雁""闭月羞花""倾国倾城"之类的千人一面，景物描写也不再是"落红满地""绿柳成荫""玉兔东升"之类的千篇一律，而加以具体描绘。这里随便举一个例子：

小红坐在窗旁，手托香腮，望着窗外院子里放有一

183

缸残荷，风吹枯叶，瑟瑟作响。墙角旁几株梧桐，巍然而立。下面花坞上满种着秋海棠，正在发花，绿叶红筋，临风生姿，可惜艳而无香，但点缀秋色，也颇令人爱而忘倦。

这是《小红楼》对莲花庵一角的景物描绘，虽然算不上十分精彩，但作者通过小红的眼睛描绘了院中的三样东西——风吹作响的"枯荷"、巍然挺立的"梧桐"、正在开花的"海棠"，从而衬托出莲花庵幽静的环境，曲折地表明了时在秋季。频繁使用巧合手法是冯玉奇小说的显著特点，可以说把所谓"无巧不成书"用到了极致。巧合手法有助于编织故事，缩短篇幅，增加作品的吸引力等，但使用过多则时有破绽，有损于作品的真实性。冯玉奇的某些小说也采用了章回体，但只是标题用"第×回"和对偶句，"却说""且听下回分解"之类的套语已不再经常出现，因此并非章回体的完全照搬。况且章回体并非劣等小说的标志，它在我国小说史上发挥过巨大作用，产生过杰出的四大古典小说。因此用章回体来贬低冯玉奇的小说，也是毫无道理的。

冯玉奇的小说也有明显的缺点。它们与其他鸳鸯蝴蝶派小说一样，主要注重小说的娱乐性，而忽视小说的社会性和艺术性，因此没有产生杰出的作品。他是南方人而小说采用北方话，加之写作速度太快，无暇深思熟虑，导致语言不够流畅，用词不够准确，还有许多错别字和语病。还有使用"巧合"法太多，有时破绽明显，这里不再举例。

总而言之，冯玉奇既不是"黄色"和"反动"小说家，也不是杰出小说家，而是一位勤奋多产、有益无害的通俗小说家，他应在中国小说史尤其是中国现代小说中占有一席之地。

　　　　　　　　　　　　2017 年 6 月 4 日于北京蜗居